Un lugar donde olvidarte

J. DE LA ROSA

Editado por Harlequin Ibérica.
Una división de HarperCollins Ibérica, S.A.
Núñez de Balboa, 56
28001 Madrid

© 2015 José de la Rosa
© 2017 Harlequin Ibérica, una división de HarperCollins Ibérica, S.A.
Un lugar donde olvidarte, n.º 137 - 18.10.17

Todos los derechos están reservados incluidos los de reproducción, total o parcial. Esta edición ha sido publicada con autorización de Harlequin Books S.A.
Esta es una obra de ficción. Nombres, caracteres, lugares, y situaciones son producto de la imaginación del autor o son utilizados ficticiamente, y cualquier parecido con personas, vivas o muertas, establecimientos de negocios (comerciales), hechos o situaciones son pura coincidencia.
® Harlequin, HQN y logotipo Harlequin son marcas registradas por Harlequin Enterprises Limited.
® y ™ son marcas registradas por Harlequin Enterprises Limited y sus filiales, utilizadas con licencia. Las marcas que lleven ® están registradas en la Oficina Española de Patentes y Marcas y en otros países.
Imagen de cubierta utilizada con permiso de Dreamstime.com.

I.S.B.N.: 978-84-687-9983-4
Depósito legal: M-11343-2017

A Concha y Antonio, mis fotógrafos preferidos además de mis hermanos.

Preámbulo

Era una sensación táctil. Como un recuerdo de la infancia. Algo que fluía como la arena entre los dedos. O como una tela tan suave que se desgarra solo con tocarla. Era el principio de algo. O el fin de todo. No estaba muy segura. Un camino. Un hombre. Un objeto perdido.

Elena se removió inquieta, mientras sus sueños continuaban torturándola.

Ahora era más nítido. Alguien la llamaba con una voz familiar, con un apodo que no reconocía. Y ella sentía miedo. A despertar. A ver que lo que había al otro lado fuera incierto. Un espejismo de algo hermoso. Un recuerdo roto por amor.

De nuevo la voz. De nuevo su nombre en labios de un extraño. Abrió los ojos.

Y todo comenzó.

Capítulo 1

—Le atenderá enseguida —dijo la enfermera desde el mostrador, dedicándole una sonrisa tranquilizadora.

Elena se sobresaltó, pues estaba tan concentrada observando la fotografía que colgaba de la pared que su cabeza había abandonado la sala de espera hacía un buen rato. Se lo agradeció a la enfermera con un gesto de la mano y volvió a aquella imagen de colores rabiosos que había conseguido captar toda su atención. Representaba una pequeña casa en la playa. Era apenas un cuadrado de muros encalados y techos de hojas secas, con una ventana que se abría al océano. Se alzaba casi al pie de la arena, tan cerca del agua que se podría pensar que en las grandes mareas de septiembre el mar entraría bajo los muros encharcándolo todo. Era una imagen serena, pero a la vez llena de vida.

Casi se podía sentir el calor sofocante de una tarde de verano, donde la arena se convertía en una parrilla ardiente llena de conchas de mar. Pero lo que de verdad la tenía arrobada de aquella fotografía era su familiaridad. Estaba segura de que conocía aquella casa, aquella playa de arena fina y luz deslumbrante. Y si no fuera así... al menos era un sitio que necesitaba visitar.

—¿Sabe dónde fue tomada esta imagen? —le preguntó a la enfermera.

La mujer levantó la vista del ordenador y la miró sin comprender. Tardó un instante en darse cuenta de a qué se refería.

—Lleva ahí mucho tiempo.

—La luz parece que emana del agua. Es sorprendente.

—¿Por qué me lo pregunta?

Ni ella misma sabía la razón.

—Simple curiosidad. Por cierto... ¿cómo es el doctor?

La enfermera volvió a sonreírle de aquella manera maternal.

—Un hombre del que usted se enamoraría. Al menos eso dicen todas sus pacientes.

Elena sintió que se ruborizaba. No era precisamente eso lo que le había preguntado.

—Vaya, lo dice usted con mucha seguridad, pero me refería a si es un profesional con quien se pueda hablar con sinceridad.

—Es el mejor —respondió la enfermera con absoluta seguridad—, no le quepa duda. Y ahora pase. Ya la está esperando.

Elena volvió a agradecérselo y se puso de pie. Por un momento se sintió insegura. Aquella cita era algo que había temido desde que se la dieron. Dependían demasiadas cosas de su diagnóstico y casi podría decirse que su vida tomaría un camino u otro según lo que le dijera el doctor.

Se alisó la falda, respiró hondo y, decidida, atravesó la puerta de la consulta.

No tenía el aspecto de otras muchas que había visitado. Las paredes estaban cubiertas de fotografías a color en vez de engolados diplomas médicos. Había un sofá de piel marrón, y una mesa baja donde se apilaban libros de viaje. Una alfombra marroquí de vivos colores y una estantería repleta de libros cuyos lomos decían que ninguno trataba sobre medicina. Solo al fondo, en el ángulo más discreto, estaba la mesa, y tras ella el doctor.

Se había puesto de pie en cuanto la había visto entrar y había salido de su refugio para recibirla. Elena tuvo que admitir que la enfermera tenía razón, aquel hombre era alguien de quien ella se enamoraría sin ningún problema. Era alto y robusto. A pesar de la bata blanca se podía distinguir una espalda ancha y unos brazos moldeados. Por debajo asomaban unos pantalones oscuros, al igual que el cuello se despejaba en una camisa tan blanca como la bata, ligeramente abierta en la embocadura. Tenía la piel tostada, que a esa altura del otoño indicaba que le gustaba la vida al aire libre, quizá los deportes, porque estaba en muy buena forma. Llevaba el cabello muy corto, casi rapado, aun así se apreciaba abundante y de color oscuro. Ese día no se había afeitado y la barba era una sombra tupida alrededor del mentón, solo cortada por una ligera cicatriz que le dividía la barbilla en el lado derecho. La boca firme, marcada por una expresión dura, incluso desdeñosa. Las cejas pobladas, enmarañadas en su nacimiento, donde en aquel momento se fruncían mientras la observaba. Y al fin sus ojos. La miraban con curiosidad, muy atentos a cualquier reacción que Elena pudiera manifestar. Con aquella luz dorada de la tarde eran de un verde transparente, claros y nítidos, cargados de naturaleza. Estaban bordeados por ligeras líneas de expresión que vaticinaban una sonrisa fácil, aunque en aquella ocasión esta no había dado muestras de existir. Parecía muy serio, incluso adusto, lo que no encajaba en un tipo como aquel. Había permanecido cerca de la mesa, mirándola hasta que ella había llegado a su lado. Elena se dio cuenta de que tardó unos segundos en tenderle la mano.

—¿Qué tal se encuentra?

Era una mano grande y nervuda que se ajustó a la suya como si fueran las dos partes de un mismo molde, envolviéndola en su totalidad. Fue como un abrazo cálido, casi familiar.

—Me encuentro muy bien, pero tendrá que confirmarlo usted.

—Por supuesto. Siéntese.

Ella tomó asiento al otro lado de la mesa y él hizo lo mismo. De nuevo Elena percibió aquella tensión. No podía decir de qué se trataba, pero era algo casi palpable. Él había bajado la vista hasta una carpeta abierta sobre la pulida superficie de madera donde Elena pudo leer su propio nombre. Era abultada, repleta de documentos. El médico terminó de repasar algunos: extraños gráficos, listados de analíticas y varios diagnósticos que no significaban nada para ella. Parecía ensimismado en su lectura y Elena aprovechó para estudiarlo más detenidamente. Tenía una nariz recta y rotunda, muy masculina. Hasta ese momento no se había percatado de una pequeña cicatriz junto a la sien derecha, donde el cabello dejaba paso a una línea blanca y nítida. De nuevo pensó que debía ser aficionado a algún deporte de riesgo. Lo visualizó bajando por unos rápidos, empapado de agua helada, con la ropa ajustada al cuerpo, lo que le hizo sonreír. Él pareció darse cuenta de lo que ella pensaba, porque su mano se posó justo sobre la cicatriz mientras terminaba de repasar el último informe. Entonces Elena vislumbró una sombra blanquecina en el nacimiento del dedo corazón. Era tan difusa que casi había desaparecido, pero era evidente que allí hubo una alianza hasta no hacía demasiado tiempo. Le habría gustado saber más de él, incluso de aquella mujer de quien era evidente que necesitaba olvidarse, sin embargo decidió que debía centrarse en lo que la había llevado allí.

—Doctor, yo…

—Llámame Tomás —dijo él mirándola a los ojos—. Y, si no es un inconveniente para ti, me gustaría que nos tuteáramos.

—Gracias. Eso hace más fácil mi visita —y ahí iba la pregunta que había temido hacer—. ¿Qué tal está todo?

—Primero quería preguntarte si estás segura de la decisión que has tomado. Es, cuando menos, inaudita.

—Tan segura como es posible estarlo.

—¿Comprendes las implicaciones que conlleva?

—Sí.

—Por nuestra parte hemos hecho hasta donde hemos podido. Tu gestor se ha encargado del resto. Espero que todo vaya como deseas.

—Ya me han informado.

Él se reclinó hacia detrás y exhaló un ligero suspiro.

—En cuanto a tu salud, debemos ser cautelosos, pero en principio no tienes por qué preocuparte.

Elena lo había oído perfectamente, pero necesitaba que fuera más concreto.

—¿Y eso significa…?

En ese momento, él sí sonrió, una sonrisa ligera que aportaba un aire diferente a su expresión hosca, y Elena descubrió que aquellas líneas de expresión se llenaban de vida aportándole al rostro un aire aún más seductor, aunque lleno de cuidado.

—Significa que puedes hacer de ahora en adelante tu vida normal. Nada de excesos, por supuesto, pero intenta relajarte y disfrutar.

—Eso suena muy sugerente, pero también complicado.

—Déjate llevar. No es que sea el mejor consejo médico, pero creo que en tu caso servirá.

Casi no se lo creía. En su cabeza se había dibujado un panorama bastante oscuro, y eso siendo optimista.

—¿Nada de medicinas, ni terapias, ni pinchazos?

Él volvió a sonreír de aquella forma fugaz.

—Comida sana, aire libre y tranquilidad.

—¿Eso es todo?

—Por ahora —se inclinó de nuevo sobre la mesa—. Pero me gustaría verte en un par de semanas.

Aquella visita había sido infinitamente más gratificante de lo que ni en sus mejores sueños había esperado. Si tenía que venir una vez al día lo haría. No solo se llevaría una buena noticia sino que podría contemplar a aquel ejemplar tan bien parecido.

Elena se puso de pie. En verdad necesitaba marcharse cuanto antes. No quería escuchar ningún «pero» tras la buena noticia.

—Aquí me tendrás —otra vez le tendió la mano—. Ha sido un placer.

—Te aseguro que ha sido mío.

Él se la estrechó, pero ahora fue mucho más fugaz. Elena iba a marcharse cuando se dio cuenta de que necesitaba algo más de él.

—¿Puedo darte un beso? —le dijo a pesar de que sus mejillas se volvieron rosadas—. Tenía tanto miedo de que me mandaras a un hospital, o que me llenaras la cabeza y el pecho de electrodos…

Él también parecía turbado. Elena se dio cuenta de cómo tragaba y se humedecía los labios.

—No acostumbro a besar a mis pacientes, pero en este caso haremos una excepción.

Elena se acercó hasta él. Tubo que alzarse para depositarle un beso en la mejilla. Él a la vez se agachó para ayudarla en su gesto y el beso se posó muy cerca de la comisura de los labios. Fue tan cálido y fugaz que antes de empezar ya había terminado. Cuando se separaron él seguía igual de aturdido. Tanto que hasta le costaba mirarla a los ojos.

—Gracias de nuevo —dijo ella cerca de la puerta.

—Intenta ser feliz —oyó cuando ya salía, sabiendo que se aplicaría en aquel consejo.

Capítulo 2

Elena lo sostuvo ante sus ojos y le dio la vuelta para que los rayos de sol que entraban por la ventana impactaran sobre él. Indudablemente era de oro. No es que supiera mucho de joyería, pero era capaz de distinguir una pieza buena de otra de mala calidad. Lo depositó en la palma de su mano y pasó el dedo por el contorno. Tenía la forma de un corazón roto por la mitad, con las aristas del centro en forma de sierra. Era pequeño, apenas tres o cuatro centímetros, y el aro superior estaba abierto. Eso explicaría por qué aquel colgante había ido a parar detrás del aparador de su salón. Lo había descubierto esa mañana, cuando había decidido cambiar la disposición de los muebles, y desde entonces varias veces lo había cogido, como ahora, entre sus dedos, y lo había observado con detenimiento. Le era del todo desconocido, por lo que había llegado a la conclusión de que podría habérsele perdido a los anteriores inquilinos de su apartamento. Hombre o mujer, daba lo mismo, pero se trataba de una pieza hermosa. Tuvo la certeza de que en algún lugar, allá afuera, alguien tendría la otra mitad y añoraría el encuentro de aquella pieza. Incluso pensó en ponerse en contacto con su casera y pedirle referencias sobre los anteriores inquilinos. Pero cambió de opinión. Aquello podía llevar allí años, y ella tenía demasiadas cosas en qué pensar.

Lo dejó de nuevo sobre su mesita de noche, miró la ropa amontonada en la cama y volvió a dejar escapar otro suspiro. Allí había muy poco que pudiera salvarse. Demasiada ropa formal. Los trajes de chaqueta los había apilado unos encima de otros formando una gran pira. Solo había salvado un par de ellos. Uno negro y recto y otro blanco y entallado. Podían serle útiles como fondo de armario, los demás irían a un centro de beneficencia junto con las camisas y los pañuelos de seda, los vestidos de cóctel y los conjuntos demasiado grises. ¿Por qué diablos habría comprado todo aquello? Parecía ropa de anciana. Se puso por encima el último del montón, un traje marrón que no decía nada. La volvía anónima, invisible. Lo arrojó de nuevo a su lugar de procedencia y se sentó en el único hueco libre de la cama con las piernas cruzadas. El resto de la ropa tampoco es que le dislocara, pero había salvado un par de pantalones vaqueros y algunas camisetas. También se había quedado con los tops más llamativos, deshaciéndose de los pasteles.

Miró de nuevo su armario vacío, solo con unas pocas perchas ocupadas por los indultos de aquella selección. ¿Pero cómo diablos se había comprado toda aquella ropa cursi? ¿En qué estaba pensando? ¿En ser presidenta de una compañía eléctrica?, ¿del gobierno? No se sentía identificada con nada de aquello y solo ahora se daba cuenta.

Se miró en la luna de cristal que ocupaba una de las puertas del armario. Su vida había ido tan rápida en las últimas semanas que apenas le había dado tiempo a hacerlo. Aún debía recuperar algo de peso, pero con el apetito que tenía últimamente sabía que no tardaría en lograrlo. Pasó una mano por la camiseta, apretándose el pecho. Al parecer era algo que también empequeñecía cuando se bajaban algunos kilos. Sonrió al pensar que se sentiría más cómoda con una talla más. Después subió su mano hasta el cuello, dejándola depositada debajo de la barbilla. Debía reconocer que era una mujer bonita. Quizá aquel contraste de cabello rubio y ojos oscuros la volvía más exótica. Ahora sus dedos siguieron la línea de las cejas, castañas y ligeramente espesas, bajaron por sus pómulos, altos y marcados, y se detuvieron sobre el perfil de sus labios. Era un rostro sofisticado, lleno de elegancia... aunque decididamente aburrido. Por último se atusó el cabello. Tenía un color anodino, ni dorado ni ceniciento, sino de un tono pajizo e insulso. Evidentemente tenía que hacer algo con él. Ya tenía, por lo tanto, dos tareas trazadas para los próximos días: recomponer su armario e ir a la peluquería.

Lo tercero era darle un nuevo aire a su apartamento, y eso era en lo que había empleado aquella mañana. Los muebles eran demasiado oscuros, la disposición demasiado clásica, los tejidos demasiado aburridos. Por su casa, en aquel momento, parecía que había pasado una banda de forajidos desmantelándolo todo. El sofá estaba atravesado en mitad del salón, la mesa de comedor atrancaba la puerta del baño y su escritorio se escoraba peligrosamente sobre el aparador. No había prisas, ya encontraría la disposición oportuna, hoy o mañana, daba igual.

Lo siguiente en la lista era decidir qué hacer con su vida. Tenía un buen trabajo, un contrato indefinido por aquella casa y en algún cajón aún existía un listín telefónico, pero no estaba muy segura de que ninguna de aquellas tres cosas fuera lo que quería en aquel momento. El doctor había sido claro, debía intentar ser feliz, lo que equivalía a empezar de nuevo, desde cero.

El otro gran reto consistía en descubrir qué hacer con su tiempo libre. Estaba claro que no tenía grandes aficiones. Al menos ninguna que fuera palpable. Un ejemplo de ello era su propia vivienda. No había libros, ni música, ni instrumentos musicales. Tampoco había objetos hechos a mano, lo que indicaría una afición por las manualidades. Ni siquiera la cocina tenía un aire especial. Nada de condimentos exóticos ni utensilios sofisticados. Todo era excesivamente aséptico, pulcro, eficiente. Quien mirara su vida se daría cuenta de que era una mujer gris, apática y aburrida.

Decidió que fuera lo que fuera, ocuparía su tiempo libre con algo creativo. Algo que le permitiera imprimir a aquellas paredes un sello, un emblema de la mujer en que quería convertirse.

Llamaron a la puerta. No esperaba a nadie, así que abrió con cautela. Al otro lado había una mujer de su misma edad, poco más de treinta, que la miraba sonriente.

—Hola.

—Hola —dijo ella imitando su sonrisa contagiosa, a pesar de que no le sonaba de nada—, no nos conocemos, ¿verdad?

—Digamos que no, me mudé no hace demasiado. He visto que estabas en casa y me apetecía bajar a saludarte.

—Un placer, me llamo Elena.

Su vecina le tendió una bandeja perfectamente cubierta con papel de aluminio.

—Soy Celeste. A pesar de que me ha parecido un poco teatrero te he traído una bandeja de lasaña. Dicen que no me sale mal.

Elena la tomó entre sus manos. Solo destapó una de las esquinas y le llegó un aroma tan suculento que el hambre la atenazó de nuevo.

—Pues es muy bien acogida porque he descubierto que mi frigorífico es un desastre —en aquel momento se dio cuenta de que no estaba siendo muy cortés—. Pero no te quedes ahí. ¿Puedo ofrecerte una cerveza? Creo que he visto un par de ellas por alguna parte.

—Solo un momento, tengo turno de tarde.

Su vecina entró en la casa. Lo hizo con cuidado de no pisar nada de aquel campo de batalla en que se había convertido el apartamento. La siguió hasta la cocina. Elena dejó la bandeja en el horno y cuando abrió el frigorífico... *voilà!* solo había dos cervezas. Arrancó las chapas y le tendió una a Celeste. Entrechocaron los botellines antes del primer trago.

—¿A qué te dedicas? —preguntó Elena.

—Soy profesora en una escuela nocturna.

—¿Te gusta tu trabajo?

No tuvo que pensárselo.

—Si no me gustara hace tiempo que lo habría dejado o ahora me estaría tomando un ansiolítico al día. Pero en horario de tarde los alumnos que acuden lo hacen porque de verdad quieren aprender —señaló con el pulgar hacia el salón—. Veo que estás replanteando el apartamento.

Elena se dio cuenta de que no había ofrecido a su invitada ninguna explicación de lo que sucedía en su salón. La estaría tomando por loca. Sonrió sin quererlo y ambas cambiaron de estancia. Solo había dejado un pequeño pasillo libre, el que comunicaba la cocina con el distribuidor donde estaban los dormitorios.

—He decidido cambiarlo todo de sitio —dijo Elena señalando alrededor—. El sofá debajo de la ventana, la mesa más cerca de la cocina y el escritorio en aquella pared, donde hay luz directa. ¿Qué te parece?

Celeste se tomó su tiempo en contestar, evaluando el resultado que quedaría una vez que los muebles fueran reubicados.

—Perfecto —dijo al fin—. ¿Harás algo con el color de las paredes?

No se le había ocurrido pensarlo. Toda la casa estaba pintada en un tono crema asalmonado un tanto cursi.

—Aburrido, ¿verdad?

Su vecina hizo una mueca con la boca.

—Odio los tonos pastel incluso en una tarta.

—Buena idea —aquella mujer tenía razón—. Pensaré en eso.

Se terminaron la cerveza. No había mucho sitio donde dejar un botellín vacío. Elena se dio cuenta y se lo quitó de la mano.

—Bueno, he de marcharme —dijo su vecina a modo de despedida—. Espero que volvamos a vernos, y si necesitas algo ya sabes dónde me tienes.

La acompañó hasta la puerta. Aquel encuentro le había parecido una de las cosas más emocionantes de las últimas semanas. Eso si quitaba la visita al médico, donde había conocido a aquel doctor tan atractivo.

—¿Te puedo hacer una última pregunta? —le dijo a Celeste antes de que se marchara.

—Por supuesto.

—¿Qué harías con mi pelo?

La otra ladeó la cabeza y se apartó un paso para verla mejor. Una melena por debajo de los hombros, sin forma, simplemente peinada hacia un lado.

—Es una cuestión arriesgada —dudó en contestar—. Puede que no te guste mi opinión.

—Siempre puedo decidir no hacerlo.

La observó un poco más. Era bonita, pero sobre todo era atractiva. El contraste de su cabello y piel clara con ojos y cejas oscuras le aportaban un aire sofisticado que debía potenciar.

—Lo cortaría —dijo al fin—. Tienes un rostro perfecto, algo por el mentón. Y sobre el color...

—Insulso, ¿verdad?

—O más rubio o más intenso, nada de medias tintas.

Algo así había pensado ella. Lo último que le apetecía era aquel estilo aburrido que lo llenaba todo a su alrededor.

—De acuerdo —dijo al fin—, pensaré en el color de las paredes y en el de mi cabello.

—No pienses demasiado. Simplemente hazlo. Las paredes se pueden volver a pintar y el pelo crece.

Tenía razón. ¿Por qué tener miedo al cambio? La ropa que se amontonaba en su cama estaría en la beneficencia esa misma tarde, y su cabello... quizá al día siguiente, junto con las paredes.

—Si uno de estos días te apetece un café —le dijo a su vecina antes de que se marchara—, he constatado que soy muy buena preparándolos.

—Te tomo la palabra. Gracias por el recibimiento.

A Elena le dio pena que se marchara. Le hubiera gustado charlar un poco más, pero ya tendría tiempo.

—Gracias a ti. Nos vemos pronto.

Volvió a su dormitorio, donde su ropa se aleonaba como en una jungla, y de nuevo sus ojos se posaron en aquel colgante que reposaba sobre su mesita de noche, como el corazón roto y perdido de un desconocido.

Capítulo 3

Había pasado de largo por la calle de la verdura y en el carro aún le quedaba sitio para un paseo por donde estaban los dulces. No le habían prescrito ninguna dieta, pero no había que ser una lumbrera para darse cuenta de que allí sobraban hidratos de carbono. Casi había resuelto solventar su dieta a base de pastas y arroces, pues era lo que le apetecía, como una especie de antojo. Decidió aparcar su culpabilidad y centrarse en las magdalenas. Últimamente era lo más parecido a un amigo que encontraba en su vida, aunque eso supusiera tildarla de canibalismo. Introdujo tres paquetes en el carro, pero antes de darse la vuelta tomó uno más. Si no se marchaba del supermercado cuanto antes temía que aún pudiera pensar en un quinto. El problema era subir todo aquello a casa, aunque quizá lo mejor sería pagar un poco más para que se lo llevaran. Todo menos sus bolsas de magdalenas. Esas se las quedaría por si necesitaba una pizca de azúcar. O simplemente por tener algo a lo que recurrir cuando no supiera qué hacer con su vida.

Iba a girar hacia la calle de los lácteos cuando chocó con un carro mal ubicado que taponaba la salida. Miró en su interior. Allí solo había lechugas. Bueno, cosas verdes que lo convertían en un jardín botánico. Era el carro perfecto para sacar un sobresaliente ante cualquier galeno. Se imaginó a su propietario: mujer, delgada, espectacular y con conciencia ecológica.

—Hola —la saludó alguien que llegaba por su derecha y que metió un par de yogures griegos en el carro abandonado.

Elena lo miró de arriba abajo. Había fallado en su suposición: hombre, fornido, espectacular y médico. Su médico.

—Vaya —exclamó mientras se ruborizaba sin saber por qué—. El mundo es diminuto.

Él la observaba con los ojos ligeramente entornados. Seguía teniendo aquella expresión dura, distante, sin embargo algo en sus ojos le hacía parecer cercano. Había algo en su gesto que le resultaba turbador. Quizá la forma en que inclinaba la cabeza para mirarla de lado, como si la estudiara. Era el aspecto de un depredador, y en contra de lo que le habían enseñado de pequeña, aquella forma de comérsela con la mirada le parecía muy seductora.

—Me ha costado trabajo reconocerte —dijo Tomás.

—Un pequeño cambio. Estaba aburrida y... ¡zas!

Durante la semana había cambiado el color de las paredes de su casa. Ella misma, armada con brocha y pintura. Su salón era ahora de un profundo rojo oscuro y su dormitorio estaba pintado en verde inglés, intenso y elegante. Le quedaba por acabar la cocina pero ya se había decidido por un calabaza. El día anterior también había ido a la peluquería y se había dejado aconsejar. Al principio tuvo miedo. Le enseñaron una carta de color, algunas revistas, hasta que ella dijo «Haz lo que quieras», y algo brilló en los ojos de la peluquera. Le habían cortado el cabello recto, a la altura del mentón, con la nuca un poco más corta y un flequillo en diagonal para que pudiera recogerlo tras la oreja. El color también lo habían cambiado, mucho más rubia, platino, lo que resaltaba el color de su piel y de sus ojos oscuros.

—Te sienta muy bien —dijo él mirándola de esa forma tan especial.

Elena casi sintió físicamente cómo aquellos ojos se posaban en su piel. Se habían detenido en el nuevo aspecto de su cabello, pero después habían bajado lentamente por su cuello, recreándose en el hueco de su garganta, para volver otra vez a sus ojos. Sintió un ligero sofoco. Aquella mirada dura tenía una calidad táctil que casi sentía sobre su cuerpo. Intentó alejar de sí misma la extraña sensación.

—¿Vives por aquí? —le preguntó.

—Un par de calles más allá.

—Casi somos vecinos.

Él asintió, y de nuevo aquella mirada que le provocaba una ligera desazón en la base de la nuca. Tomás pareció darse cuenta del efecto que acusaba en su paciente y apartó la vista.

—¿Qué tal todo?, ¿te acostumbras a tu nueva vida?

—Creo que sí —respondió ella—. Cuesta trabajo adaptarse, pero estoy segura de que lo conseguiré.

—Esa es la actitud, me alegra saberlo. Una parte importante de tu recuperación es que lo mires todo con positivismo.

—En eso creo que no me gana nadie.

Ahora fue Elena quien lo observó con detenimiento. Era más alto de lo que recordaba y también más atlético. Con aquella luz fría del supermercado sus ojos se mostraban menos verdes, más pardos. Llamaba la atención aquel contraste de cabello recio, oscuro, y la piel morena, con la luminosidad de su mirada. Si en la consulta le había parecido un tipo atractivo, ahora debía reconocer que tenía un magnetismo especial. No sabía explicarlo. Era como si aquel hombre supiera algo que era vital para ella. O como si tuviera la clave de la existencia de la especie humana. Llevaba unos pantalones de algodón con pinzas en color beige y camisa azul que le sentaban realmente bien. Un poco clásico para su gusto, pero no podía negar que marcaba justo donde era necesario. Su estilo era como una informalidad medida. Pero no era solo eso, también su actitud, su desenvoltura, hablaban de un hombre que sabía lo que quería y que estaba acostumbrado a conseguirlo. Una fuerza interior que se transmitía en cada gesto.

—Estás diferente —tuvo que admitir Elena—. Bueno… no sé. Pareces…

—Los médicos cambiamos mucho sin bata, es cierto —salió él al paso con buen humor.

Elena pensó que también debía ser todo un espectáculo sin ropa, pero al instante se ruborizó y tuvo que apartar la mirada.

Hubo un momento de silencio. En verdad un encuentro como aquel, entre una paciente y su médico, debería terminar en ese punto preciso, tras las formalidades y la cortesía, pero a Elena no le apetecía que se marchara. Quería saber algo más de él. Quería encontrar una explicación a por qué le resultaba tan magnético aquel tipo. De pronto se dio cuenta de que su dieta estaba expuesta justo delante de la persona menos adecuada.

—No mires mi carro —dijo haciendo una mueca con la boca—. No hay demasiada comida saludable.

Él sonrió por primera vez en aquel encuentro y de nuevo Elena vio cómo su rostro se transformaba en una expresión relajada y llena de encanto.

—Por ahora lo importante es que estés bien.

—Tengo debilidad por las magdalenas.

—Si lo de la comida se convierte en un problema, ya lo trataremos. Ahora simplemente disfruta e intenta recuperarte del todo.

—De acuerdo —ya sí que no había nada que añadir—. No quiero molestarte más. Supongo que deberás seguir con tu compra de cosas verdes.

Él sonrió de nuevo.

—Te confieso que debajo hay varias tabletas de chocolate y un pack de tocinos de cielo.

—Menos mal. Temía que fueras perfecto.

Elena juraría que le acababa de guiñar un ojo, pero había sido un gesto tan fugaz que no estaba muy segura de que se hubiera producido.

—Estoy bastante lejos de eso. Si te contara todos mis defectos saldrías huyendo de aquí ahora mismo.

No estaba ella muy segura. Sin embargo era evidente que no debía alargar aquello mucho más, a pesar de sentirse a gusto con aquel hombre, no podía olvidar que era su médico.

—Lo dicho —dijo tomando de nuevo el mando

de su carro—. No quiero seguir ocupando tu tiempo.

Él inclinó la cabeza para quitarle importancia, pero no se movió un ápice de donde estaba por lo que seguía interrumpiendo su salida.

—No me molestas, al contrario, me ha alegrado encontrarte. Siempre es agradable ver a un paciente con una dieta tan… saludable —dudó un instante, algo inaudito en alguien como Tomás, tan seguro de sí mismo—. Y como prueba de buena voluntad, creo que deberíamos tomar algo por ahí un día de estos.

¿Lo había oído bien? ¿Su médico le estaba proponiendo una cita? Notó cómo se ruborizaba a la vez que su corazón daba un brinco en el pecho. Sus últimos fines de semana los había pasado en casa, mirando la televisión, intentando adivinar cuál era su película favorita.

—Supongo que me parece buena idea —dijo aparentando que no le daba la mayor importancia—. Siempre y cuando no hablemos de medicina.

—Es un tema vedado fuera de la consulta. Los profesionales de la medicina solemos rehuir este asunto porque si no, terminamos cualquier comida con un recuento de enfermedades —carraspeó para aclararse la garganta—. La semana que viene. El viernes por ejemplo.

—Es perfecto.

—Pasaré a recogerte sobre las ocho.

Ya estaba hecho. A Elena le entraron ganas de reír.

—Pero no sabes dónde vivo.

—Miraré tu expediente —Tomás le guiñó un ojo, ahora sí—. No sé si es algo muy ético, pero me arriesgaré.

Al final ella soltó una carcajada.

—A mí también me gusta esa actitud.

Él la miró una vez más, fijamente, de una manera tal que Elena notó cómo se le erizaba la espalda, como a una gata mimosa. Solo entonces movió su carro y comenzó la retirada.

—Hasta entonces —dijo, desapareciendo de su vista y dejándola confusa y repleta de nuevas sensaciones.

Capítulo 4

Alejo, con cuidado de no hacer ruido, se terminó de atar los cordones de las botas. Ya llegaba tarde y sería aún peor si tuviera que entretenerse en dar explicaciones. Si no recordaba mal, su chaqueta debía de estar en el salón, sujeta al pomo de la puerta, y su equipo en el vestíbulo.

Echó un último vistazo hacia la cama antes de marcharse. Era una mujer preciosa. Dormía plácidamente, ajena a todo, rendida, tanto como él mismo. Había sido una buena noche y solo habían parado cuando ya no podían más. La sábana estaba arremolinada a sus pies envolviéndolos como un pedestal, por lo que pudo apreciarla en toda su desnudez. La cabellera rojiza había ocupado la almohada como una mancha de fresas. Tenía el cuerpo ligeramente inclinado a la derecha, por lo que sus senos, generosos, se expandían hacia aquel lado con una provocación que no le pasó desapercibida. Siguió la línea de su vientre, plano y provocador, hasta llegar al ensortijado vello púbico. Allí la posó un instante para continuar por sus largas piernas de modelo. Notó cómo se excitaba de nuevo. Si no fuera por aquella maldita sesión de trabajo se quitaría los pantalones ahora mismo y le daría un buen despertar a aquella belleza. Se relamió los labios, pero el deber era el deber y siempre había sabido ordenar sus prioridades, a pesar de lo que dijeran los que lo conocían bien. Avanzó hacia la puerta y chocó contra una silla que arremetió con estrépito contra la pared. ¡Maldita sea! ¿Cómo no la había visto? Se detuvo a la espera de que el estropicio no la despertara.

—¿Te vas? —oyó a su espalda.

Alejo cerró los ojos un segundo, pero después, sonriente, se giró para descubrirla mirándolo con aquellos preciosos ojos soñolientos. Nunca le habían gustado las despedidas, y las furtivas menos.

—Tengo trabajo.

—Pensaba que desayunaríamos juntos.

—Eso es algo que nunca hago.

Ella ahora esbozó una sonrisa que podía decir muchas cosas y se apartó el cabello rojizo de la cara.

—¿Desayunar o levantarte con una desconocida con la que te acabas de acostar?

Él tuvo que reconocer que lo acababa de pillar.

—Ninguna de las dos cosas.

Aquellas situaciones siempre eran incómodas. Sabía cómo entrarle a una mujer, por ejemplo como aquella, en un bar, mientras ella pedía un agua mineral para volver a la mesa donde la aguardaban sus amigos. Sabía cómo seducirlas con un par de frases ingeniosas y una mirada melancólica. Sabía cómo engatusarlas con promesas vacuas e insinuaciones a medias tintas. Sabía cómo llevarlas a la cama, preferiblemente a la de ella, para no tener que volver a verse ni que ninguna desconocida llamara a su puerta en el futuro. Sabía ofrecer y recibir una buena noche de sexo... pero no sabía cómo marcharse. Y aquella era una de esas ocasiones.

—Olvidas tus gafas de sol.

En el juego del sexo él la había amado la primera vez desnudo, solo con las gafas puestas. Las cogió de encima de la mesita de noche y se las colgó del cuello de la sudadera.

—Gracias.

—¿Nos volveremos a ver? —preguntó la mujer.

—No lo creo.

Ella pareció encajarlo bien. En más de una ocasión, con otras mujeres, aquello se había convertido en una escenita muy desagradable.

—De acuerdo. Ha sido un placer.

—Te aseguro que ha sido mío —confirmó él con media sonrisa para al instante sentirse estúpido.

Ya no había nada más que decir, sino marcharse. Quizá en un futuro volvieran a verse. Pasaba de vez en cuando, pero en esos casos ambos se saludarían cordialmente como viejos conocidos y ahí terminaría todo. Se dirigió hacia la puerta del dormitorio cuando ella volvió a hablar.

—¿Siempre lo haces así?

Tenía comprobado que si había una conversación de despedida nunca salía bien.

—No nos hemos prometido nada que no hayamos cumplido.

—Sí, pero tengo la impresión de que huyes a hurtadillas.

Aquello casi le ofendió.

—Yo nunca huyo.

—Habrá sido una impresión mía.

Alejo, incómodo, intentó de nuevo salir de allí.

—¿Puedo darte un consejo? —ella volvió a preguntar.

—No es algo que me guste —intentó reprimir un gesto de disgusto—, pero veo que estás decidida a hacerlo.

La mujer lo miró de arriba abajo. Era una pena que solo fuera un polvo de una noche. Le hubiera gustado intentarlo con un hombre así. Sabía que era un canalla. No un sinvergüenza, pero sí uno de esos tipos guapos y seductores que van de flor en flor, sin importarles demasiado los sentimientos ni los estragos que causaran a su paso. Pero aun así, un tipo como aquel merecía el esfuerzo de la redención.

—En vez de huir de una cama de madrugada es mejor que te despidas —dijo sin intención de parecer agria—. Un simple adiós siempre se agradece.

Él se encogió de hombros.

—Es tu punto de vista, pero me parece bien.

De nuevo la mujer lo observó para retractarse de su opinión anterior. Era un gilipollas y lo mejor sería que se largara cuanto antes. Se giró para cubrirse con la sábana.

—Cierra la puerta de la calle al salir, por favor.

No había nada más que hablar. Alejo decidió entrar en el baño antes de marcharse. Por suerte había uno en el pasillo. Habría sido demasiado humillante hacerlo en el del dormitorio. Aún olía a sexo, pero ya se ducharía cuando llegara a su casa. Se lavó las manos y la cara, y cuando se miró en el espejo vio las oscuras ojeras y sonrió. Debía tomarse la vida con más tranquilidad, parecía que quería apurar su juventud como si fuera un vaso de agua. Trabajar todo el día y hacer el amor con desconocidas toda la noche llegaba a ser agotador. Al final su tía tendría razón en aquello de que debía sentar la cabeza. Volvió a sonreír para apartar de la cabeza la imagen de su querida anciana señalándolo con el dedo.

Alejo tenía el cabello largo y castaño, por debajo de los hombros, aunque casi nunca lo llevaba suelto. Una imagen muy acorde con su personalidad un tanto alternativa, hippy, decía su padre, fuera de toda formalidad. Se lo recogió tirante con la goma que prendía de su muñeca. No le gustaba secarse la barba con la toalla. Por la mañana, en el frío otoñal, era una sensación agradable y fresca. Se miró más detenidamente. Tenía los ojos enrojecidos por la falta de sueño aunque su iris, azul pálido, hacía que estos parecieran aún más enfermizos. No se asustó. Sabía que en media hora su moto lo llevaría a casa, y una buena ducha helada haría milagros con su aspecto. Nunca había necesitado dormir demasiado. Tres o cuatro horas y estaría como nuevo. Miró el reloj. Llegaba tarde. Había quedado a las siete con su cliente y no solo tenía que ir a casa, sino después atravesar toda la ciudad. Lo mejor era marcharse cuanto antes. Le encantaba su trabajo. Era una afición que arrastraba desde pequeño y que había logrado convertir en su fuente de ingresos, pero tenía el inconveniente de que era necesario plegarse a las indicaciones de los clientes y estas no siempre casaban con su estilo de vida.

La chaqueta estaba donde pensaba. Había aprendido a ser cuidadoso con su ropa, porque antes siempre se dejaba algo en casa de la chica con la que terminaba acostándose. Si no, tendría que renovar el armario a menudo, empezando por sus gafas de sol.

A veces pensaba que aquella vida descontrolada formaba parte de su esencia. No es que fuera un plan trazado. Su intención cuando terminaba una sesión de trabajo era volver a casa, descansar y ver una buena serie mientras se tomaba un helado en pijama, pero siempre sucedía algo. Un amigo lo llamaba, un cliente necesitaba que se vieran para hacer algunos cambios, y al segundo siguiente se descubría pensando en lo bonita que era la dependienta de aquella cafetería y... ¡zas!, ya estaba perdido.

Se dirigió hacia el vestíbulo. No le había preguntado a aquella chica a qué se dedicaba. Por sus formas podría ser modelo. Aquel apartamento debía costarle una pasta y la decoración un tanto de lo mismo. En la mejor zona de la ciudad. Junto a la puerta de salida estaba su equipo, en el lugar justo donde lo había dejado. Casi suspiró al verlo. No es que esperara que fuese a desaparecer, pero aquel material costaba un dineral y sin él se moriría de hambre. Se lo colgó al hombro, pero antes rebuscó en el pantalón. Allí estaban las llaves de su moto y de su casa. En una ocasión, tras fugarse a hurtadillas, como había intentado hacer esa mañana, se había descubierto en la calle y sin llaves. Fue humillante tener que llamar al telefonillo, subir de nuevo, y enfrentarse a una frente fruncida y un par de frases desagradables.

Salió de la casa, cerrando con cuidado. Antes echó un último vistazo al interior, y al recordar a la chica desnuda que aguardaba en la cama volvió a sentir cómo se excitaba. Su cuerpo era su peor enemigo, o quizá su mente, pues cuando veía unos ojos preciosos empezaba a confabular. Era algo que le ocurría desde que era adolescente. Su primera relación fue con su compañera de pupitre, en el descanso entre clases, y aun así seguía pensando que no había sido precisamente precoz en aquello del sexo.

Las mujeres. Eran su debilidad. Su tía tenía razón. Debía sentar cabeza o uno de aquellos días se descubriría demasiado viejo y demasiado feo como para que le gustara a ninguna.

De nuevo maldijo en voz baja.

Tendría que dedicar en la ducha unos minutos a calmarse, si no su sesión de hoy iba a ser picante.

Capítulo 5

A partir de aquel momento Elena decidió que le gustaba el jazz.

Había recibido una llamada de Tomás el día anterior. Ella estaba en el trabajo cuando sonó su móvil. No reconoció el número pero sí la voz.

—Quería estar seguro de que no habías olvidado nuestra cita de mañana.

—Tengo tachada esa página en mi agenda.

Hablaron un par de minutos más, pero solo de formalidades.

Ese día él apareció puntual. Había llamado al telefonillo cuando a Elena aún le quedaba por colocarse el vestido. Le dijo que bajaría enseguida y entonces empezó una carrera a ciegas. La cremallera no subía, la máscara de pestañas se había corrido por el párpado, el frasco de perfume se acababa de estrellar contra el suelo y uno de sus zapatos no daba señales de vida. Le entraron ganas de gritar, pero prefirió cerrar los ojos, respirar hondo y aguardar unos segundos. Cuando los abrió de nuevo estaba más calmada. Con paciencia consiguió que la cremallera cerrara sin problema. Se había decidido por pantalones negros y un top blanco. En su armario no había mucho donde elegir. Le quitó formalidad con varios collares de colores y un chal estampado. Inmediatamente se desmaquilló los ojos y volvió a perfilarlos con buen pulso. Al diablo las pestañas, así estaban perfectos. Sobre su perfume había poco que hacer. Lo limpió todo, incluidos los trozos de cristal, con una toalla vieja que metió en una doble bolsa de basura. Aun así la casa olería a rosas varios días. Por último desistió de ponerse aquellos zapatos y buscó otros de tacón alto, abiertos por delante. Una última mirada en el espejo y diez minutos más tarde ya estaba lista.

Encontró a Tomás charlando con uno de sus vecinos, pero cuando él la vio solo tuvo ojos para ella. Sintió cómo la miraba de arriba abajo para después sonreír. Él había elegido una camisa blanca y una americana azul marino. Vaqueros y mocasines. Elena tuvo que reconocer que hacían buena pareja. Cuando llegó hasta él ya estaba solo. Hubo un momento de indecisión donde ninguno de los dos supo qué hacer. ¿Un beso o se daban la mano? ¿Aquello era una cita de cortesía con su doctor o algo más? Decidieron no hacer nada, simplemente seguir adelante.

—Siento haberte hecho esperar —se disculpó Elena.

—El resultado ha merecido la pena.

—Si les dices cosas así a todas tus pacientes creo que vas a tener una larga lista de mujeres suspirando a la puerta de tu consulta.

—No se lo digo a nadie —sonrió—. De hecho creo tener fama de ser bastante seco.

Elena no replicó. ¿Qué decir después de un piropo como aquel?

—¿A dónde vamos?

—Veamos a dónde nos llevan nuestros pasos.

Anduvieron calle abajo hasta la avenida. Tuvieron alguna conversación trivial. El tiempo, el tráfico y las reformas de su casa. A Tomás le encantó que ella misma fuera la artífice de todos esos cambios.

—Si me hubieras llamado te habría echado una mano. Soy bueno con la brocha.

—Si decido cambiar alguna pared más, no lo dudes.

Tomás conocía muy bien las transformaciones que había sufrido la vida de Elena. Al principio no estaba muy seguro de cómo iban a resultar, pero según pasaba el tiempo y ella parecía más segura empezaba a tener la impresión de que las cosas marchaban.

—¿Has empezado ya a trabajar?
—El lunes —esbozó un gesto de disgusto—. Y hasta ahora no he sabido que tengo una de las profesiones más aburridas del mundo.

Él la miró un tanto sorprendido.

—No será para tanto.
—Lo es.
—A mucha gente le gustaría trabajar en un bufete de abogados. Si no recuerdo mal llevabas asuntos fiscales.
—Sí, pero por salud han decidido que me centre en revisar los nuevos expedientes, así que me paso el día leyendo papeles muy poco emocionantes.

Volvió a mirarla, esta vez con un gesto de complicidad.

—Ya se te ocurrirá algo.
—Eso espero.

Se habían adentrado por el entramado de callejuelas del casco antiguo. Cuando giraron por una de ellas, la música, suave y amortiguada, llegó a sus oídos. Los ojos de Tomás brillaron cuando vio en el rostro de Elena aquella expresión de sorpresa.

—¿Jazz?
—Espero que te guste.

El local era un sótano al que se accedía bajando unas escaleras empinadas. Si no existiera una ley antitabaco sería un antro lleno de humo. Aun así era un antro, pero con un encanto especial. Estaba atestado de gente, amparada bajo las luces amortiguadas y cansadas, pero les habían reservado una mesa junto a la pared, no demasiado cerca del escenario. En aquel momento solo había un par de músicos afinando. Una chica los acomodó y les trajo un par de menús.

—No entiendo nada —dijo Elena leyendo la carta.

—Son nombres de músicos célebres. Te recomiendo un Charles Mingus. Sándwich vegetal con queso y ensalada.

—Has acertado. Es lo que me apetecía.

Pidieron cerveza, y al contrario de lo que esperaba Elena, el servicio fue rápido e impecable.

—¿Vienes mucho por aquí?

Aquel garito aportaba una nueva perspectiva a la enigmática personalidad del doctor. Hasta ahora sabía que era guapo, atractivo y bastante serio. También vecino de barrio. En aquel momento descubría un lado sensible que le gustaba aún más. Hacía poco había leído una novela de Alex García donde se decía que los hombres a los que les gusta el jazz suelen ser buenos amantes. Se imaginó al hombre que tenía a su lado en esa situación, pero tuvo que apartarla de su mente, porque se empezaba a sofocar.

—Solía venir hace tiempo —dijo Tomás, sacándola de sus pensamientos obscenos—. Últimamente salgo poco.

—¿Puedo ser indiscreta?

Él la observó con la frente arrugada. Aquella expresión dura le gustaba demasiado. Un agente secreto debía parecerse bastante a su doctor.

—No es una buena pregunta —contestó él.

¿Era o no una aprobación? Decidió que le daba igual. Quizá aquella cita fuera un fracaso y no volvieran a verse fuera de la consulta.

—¿En ese dedo ha habido antes un anillo de casado?

Él dirigió la vista a donde Elena indicaba, sin entender, hasta que lo comprendió. A ella le dio tiempo a percibir cómo su mirada se nublaba antes de que lograra controlarla.

—Eres observadora.

—No tienes que contestar si no te apetece. Es simple curiosidad. A todas nos gusta saber algo más de quien cuida de nuestra salud.

Él le mantuvo la mirada, como si valorara hasta dónde podía contar. Fue como si contuviera la respiración, porque al final soltó un largo suspiro.

—Ella se fue, y todo indica que nunca volverá.

Ella, estaba claro que había existido una mujer. Los tipos como aquel no podían estar libres sin más. Pero saberlo de sus labios era como colocar una barrera entre ambos.

—¿Deseas que lo haga? —le preguntó un tanto intimidada—. ¿Qué ella vuelva?

De nuevo él tardó en contestar. Parecía que Elena había dado en la clave de las conversaciones inoportunas en las primeras citas. Ella anotó mentalmente no volver a hacerlo.

—Quiero que vuelva más que nada en el mundo —contestó Tomás, preso de un brillo muy especial en sus ojos—. Aunque voy comprendiendo que eso cada vez es una posibilidad más remota.

De lo que él estaba hablando estaba claro. Se habían escrito ríos de tinta sobre eso mismo, se habían pintado cuadros y murales, se habían edificado palacios y edificios mortuorios, se había dado la vida y se había quitado por ello.

—Sigues enamorado —dijo al fin Elena.

—Olvidarla. Por ahora esa no es una opción.

Ella asintió.

—Te agradezco que seas sincero conmigo.

—Quizá esta no sea la conversación más adecuada para nuestra primera cita.

Ella acababa de pensar lo mismo.

—Así que esta es nuestra primera cita, lo que indica que habrá una segunda.

—Si no sales despavorida, así lo espero.

Sin darse cuenta la música había empezado a sonar y una mujer se había materializado en el escenario. Llevaba el cabello negro y ondulado, y un vestido largo bordado con lentejuelas. Su voz se quebró al ritmo de Billie Holiday, con los primeros acordes de *My Funny Valentine* y Elena llegó a la conclusión de que aquel podía ser uno de los momentos más hermosos de su vida. El silencio se había hecho a su alrededor, atrapados por la música y la voz de terciopelo desgarrado, y ella pudo dedicar unos minutos a centrarse en lo que ocurría.

Miró a Tomás. Lo veía de perfil, aquella línea dura y masculina, pendiente en aquel momento de cada nota. Los codos apoyados en la mesa, las palmas juntas y ambos índices tocando levemente el labio inferior. Aquella enfermera tenía razón. Era alguien de quien podía llegar a enamorarse. Pero quizá no llegaba en el momento oportuno. Ella tenía que rehacer su vida. Empezar de cero. Y él arrastraba un amor perdido por el que aún suspiraba. Tomás la miró un instante, como para comprobar que todo andaba bien. En aquel momento la solista modulaba: *you make me smile with my heart*. Él sonrió y volvió otra vez la vista al escenario, pero antes Elena se dio cuenta de que aquel hombre se parecía demasiado a lo que deseaba.

Cuando todo terminó, Tomás la quiso invitar a una copa pero ella desistió. Había sido todo perfecto, tanto como para volver a casa. Él no insistió. Pagó la cuenta y salieron del local. Era noche cerrada, y aquella zona del centro siempre resultaba solitaria. Tomaron un taxi que los dejó en su casa. Él se apeó con ella, a pesar de que Elena le aseguró que no era necesario.

—Espero no haberte aburrido demasiado esta noche.

—Ha sido perfecto.

—¿Seguro?
—Seguro.

Tomás titubeó, arañando la arena del suelo con la punta del pie.

—¿Nos volveremos a ver? Quiero decir... fuera de la consulta.

—Sí. Me gustaría.

Aquello le hizo esbozar una sonrisa. Bella y solitaria.

—Ahora creo que debo irme.

—Sí. Es mejor que lo hagas.

Él la miró una vez más, y antes de marcharse se encogió de hombros. Aquel gesto le resultó a Elena conocido, como algo familiar, y no tuvo más remedio que sonreír. Esperó a que él desapareciera para entrar en el portal. Una vez allí se apoyó contra la pared y cerró los ojos. Su corazón latía acelerado y confuso. Si tenía algo claro era que aquel hombre le gustaba, le atraía de una manera que incluso le causaba dolor. Pero a la vez su mente le decía que se apartara de él, de alguien que aún amaba a otra y cuyo destino estaba en la decisión de esa otra persona.

Suspiró. Abrió los ojos y decidió que a partir de ese momento amaba el jazz.

Capítulo 6

Llegaba tarde y ya iba suficientemente retrasada con el trabajo como para aparecer fuera de hora una vez más. Hasta ese momento sus antiguos compañeros habían sido comprensivos con ella, pero empezaba a notar su desconfianza, su falta de empatía por una mujer que no les había caído bien antes y que ahora no lograban identificar.

Elena al fin llegó hasta su coche. Últimamente no lo dejaba en el parking del edificio, sino estacionado cerca de la puerta de este. Supuso que era una nueva manía a la que encontraría explicación más adelante. La llave estaba al fondo del bolso, por lo que se juró una vez más dejar de usar aquellos sacos y decantarse por algo más pequeño, con menos espacio, donde cupiera solo lo justo. Al fin la encontró y un par de segundos después estaba al volante de su Seat Toledo, un armatoste demasiado grande que nunca entendería cómo diablos había llegado a comprar. Dejó el bolso en el asiento del copiloto y se miró en el retrovisor. Estaba acalorada. Últimamente le sucedía cuando tenía que hacer algo que no le gustaba, como ir a trabajar a aquel despacho gris con paredes tapizadas de madera oscura. Se lo tenía que contar a Tomás. Cuando pensó en él una sonrisa se dibujó en sus labios, pero al instante desapareció. Tras su cita, se había prometido que debía plantearse marcar un punto y final entre los dos fuera del ámbito sanitario si no quería salir maltrecha, y justo al día siguiente tenía su cita médica con él. No se lo pensó más y arrancó, pero cuando puso marcha atrás sintió el impacto a la vez que el ruido.

Fue como si su coche se hubiera quedado clavado en el suelo. Como si hubiera estallado una tormenta. Al principio pensó que había chocado contra uno de los marmolillos que había junto a la acera, pero era imposible que hubiese ninguno justo detrás de su coche. Solo entonces comprendió que acababa de tener un accidente y que quizá había atropellado a alguien. Su corazón empezó a latir con fuerza y se precipitó fuera del vehículo sin importarle que la puerta se quedara abierta y las llaves en el contacto. Solo necesitó rodear su coche para saber qué había ocurrido.

La moto estaba tirada en el suelo. Era un cacharro grande pero antiguo, años cincuenta, con el sillín tapizado de piel marrón. Por el ruido debería estar hecha añicos, sin embargo parecía intacta. Se había desplazado una par de metros sobre el asfalto hasta quedar inmóvil, atravesada en la calzada. Su conductor estaba un poco más allá. Se estaba incorporando en aquel momento, lo que hizo que Elena albergara esperanzas de que no hubiera sido tan grave. Se precipitó hacia él antes de que se pusiera en pie.

—Quédese en el suelo hasta que llegue la ambulancia. ¡Dios mío! Hay que llamar a una ambulancia. Y a la policía.

El motorista terminó de incorporarse. Era más alto que ella y aunque parecía tambalearse no mostraba señales de daños graves.

—Uff...

—¿Dónde le duele? —preguntó Elena al instante, buscando alguna señal de daño—. ¡Qué catástrofe! Si le pasa algo me moriré aquí mismo.

Alejo se quitó el casco. Todo le martirizaba un poco, como si le hubieran clavado alfileres, pero ya estaba acostumbrado a caerse de la moto. El casco y los protectores le habían ayudado, pero sabía que al día siguiente tendría un buen dolor de huesos.

—Tranquila —se colocó la mano en la cintura, quizá volviera el lumbago—. Estoy bien. Solo ha sido una caída. Supongo que no has querido matarme.

—Ni siquiera te he visto. ¿Por dónde has aparecido?

—Iba por mi carril cuando tú has dado marcha atrás.

Elena lo miró detenidamente. A lo mejor tenía una costilla rota, o una hemorragia interna. Aquello podría ser más grave de lo que aparentaba. Y era culpa suya.

—Llamaré al seguro. Llamaré donde haga falta.

De pronto Alejo se acordó de algo importante.

—¡Mi bolsa!

—¿Qué bolsa? —preguntó ella sin saber a qué se refería.

—Mi equipo de trabajo.

Miró a su alrededor. Lo había llevado enganchado en la parte trasera de su moto, atado al asiento. Ahora estaba tirado en medio de la carretera. Alejo intentó ir a recuperarlo, pero Elena se interpuso.

—No te muevas, yo iré a por él.

Dio una carrera hacia donde estaba la bolsa, un contenedor de tela negra y acolchada con correas y cinta para el hombro. Al inclinarse para cogerla, Alejo ladeó la cabeza para mirarle el trasero. Aquella chica no estaba nada mal. Siempre le habían gustado las mujeres con buen dominio de los tacones, con piernas largas y ojos chispeantes. Elena volvió a su lado aún más preocupada y le tendió la bolsa. Él le dio las gracias y descorrió la cremallera. Dentro estaba el cuerpo de una cámara fotográfica. Era grande y pesado. Alejo lo estudió con detenimiento. Parecía que no había sufrido daños. Después sacó el objetivo. El sistema de lentes era delicado, pero la inspección visual le indicaba que todo estaba bien. Lo acopló a la cámara y miró por el visor. La imagen se veía sin distorsiones. Elena apareció en el ángulo de disparo. Era más bonita de lo que pensaba, con unos ojos llenos de encanto y una boca que decía «bésame». Disparó una foto. Ella arrugó la frente, pero él, muy profesional, comprobó en la pantalla la calidad de la imagen. Su equipo no había sufrido daños, y se llevaba una buena imagen de una mujer preciosa.

—¿Eres fotógrafo? —le preguntó ella, que había seguido con detenimiento todo aquel proceso.

—Sí, aunque si esta cámara hubiera sufrido daños habría tenido que replantearme mi profesión. Tengo otras, pero no dan la calidad de esta preciosidad.

Al igual que había montado la cámara, la desmontó y, con sumo cuidado, volvió a guardarla en su bolsa. Elena lo observaba sin poder alejar de su mente la imagen de lo que habría pasado si hubiera pisado un poco más a fondo el acelerador, o si aquel hombre hubiera tenido una mala caída.

—¿No quiere que llame a la policía? —insistió—. Al menos toma mi teléfono. Si la moto tiene algún problema…

Él observó la tarjeta que ella le tendía. Nunca rechazaba el número de una chica bonita. Aunque esta… bueno, había algo en ella que la hacía diferente.

—De acuerdo —dijo al fin—, pero ese viejo trasto ha resistido cosas peores.

Con el casco bajo el brazo Alejo fue hasta la moto. La puso en pie sin dificultad, por lo que Elena dedujo que bajo aquel mono de motorista debía de haber una buena constitución física. La arrancó sin problema. El motor rugió con fuerza y él al fin sonrió.

Elena estaba más tranquila, no solo porque daba la impresión de que a aquel tipo no le había pasado nada, sino que tampoco había ningún daño reseñable. Entonces en su mente se formó una imagen clara. Algo que de pronto necesitaba una respuesta.

—¿Qué tipo de fotos haces?

Él la miró con curiosidad. Ninguna le había preguntado eso antes. Todas daban por hecho que simplemente eran buenas porque él era guapo.

—Un poco de todo. Moda, empresas, hasta bodas si las pagan bien.

Elena entornó los ojos.

—Parece interesante.

—¿Te gusta la fotografía?

Se acordó de aquella imagen colgada en la consulta de Tomás. Se había sentido tan atraída por ella, por la imagen, por el lugar, que de pronto descubrió que precisamente aquello era lo que quería hacer.

—Creo que sí —respondió—. Indudablemente sí.
—Podrías probar.
—Ni siquiera sé por dónde empezar.
—Yo puedo ayudarte.

Aquello la cogió por sorpresa. Miró más detenidamente al hombre que tenía delante. Lo último que había esperado de él tras atropellarlo era que fuera amable, sin embargo aquel tipo acababa de dar un paso más y ahora era solícito.

—¿Ayudarías a la mujer que casi acaba con tu vida?

Él se encogió de hombros.

—Por las mujeres suelo hacerlo casi todo. Así me va.

Elena sonrió. Aquello era una locura, pero... ¿no era precisamente eso lo que deseaba que se produjera en su vida?

—De acuerdo —dijo ella al fin, tendiéndole la mano.

—¿De acuerdo qué?
—Acepto tu ayuda.

Él observó la mano tendida en el aire sin decidirse, pero había una mueca burlona en sus labios que a Elena no le pasó desapercibida.

—¿Quieres aprender fotografía?
—Sí.

Solo entonces le estrechó la mano, con un movimiento enérgico, muy masculino, como si se hubiera producido entre colegas de banda.

—Vale, entonces no tendré más remedio que cumplir mi palabra —dijo él—. El jueves. A las diez. ¿Tienes equipo?

—¿Cámara? Creo que no.

—No será un problema. Puedo prestarte una de las mías para que te familiarices y, según avances, ya veremos qué podemos hacer.

Aquello sobrepasaba las expectativas de Elena. Esa mañana se había levantado de mal humor, agobiada por todas aquellas tensiones que empezaban a acumularse a su alrededor. Había corrido como una condenada por llegar tarde al trabajo, y en un instante… ¡zas! todo había girado, y ya nada le importaba demasiado. Nada que no fuera aquello.

—¿Lo dices en serio? ¿Vas a darme clases?

Él parecía muy seguro de sí mismo. Hizo un gesto con la cabeza que terminó con un guiño. Tampoco esa mañana, cuando había salido despavorido de casa de una amante puntual de una sola noche pensaba que iba a terminar topándose con aquella preciosidad, y menos que le iba a gustar tanto. Y aún menos que iba a sentir aquello, una sensación nueva, desconocida hasta ese momento, que no le quedaba más remedio que explorar.

—Y si alguna vez ganas un Pulitzer —sentenció Alejo—, espero aparecer en los agradecimientos.

Capítulo 7

Tomás no tenía un buen día. Era uno de aquellos que parecía que se habían vuelto del revés. Esa mañana se había dejado la cartera con toda su documentación en la cafetería donde desayunaba, y cuando volvió a por ella ya no había rastro. Así que las primeras horas de la jornada las había desaprovechado entre anular tarjetas y hacer la denuncia a la policía. Por si fuera poco, le habían multado por dejar el coche mal aparcado y, como guinda del pastel, había olvidado que tenía que almorzar en casa de unos buenos amigos, por lo que llegó una hora tarde.

—Lo siento —se disculpó en cuanto entró y los encontró a los dos terminando de poner la mesa—, de verdad que lo siento.

—Eres un hombre ocupado —lo exculpó su amigo dándole un abrazo—. No te apures.

—Ya íbamos a comer sin ti —dijo ella—. Y era algo que no te íbamos a perdonar jamás.

—No seas insidiosa —le respondió su marido de buen humor—. ¿No ves que el doctor no ha tenido un buen día?

—Gracias por los refuerzos.

Julio y él eran amigos desde la infancia. Amigos de verdad. Solo se habían separado los primeros años de universidad. Tomás fue a Medicina y Julio a Ingeniería. Pero de vuelta a España todo había seguido como si el tiempo no hubiera transcurrido. Él encontró al amor de su vida y Julio también. Virginia era una mujer especial. Menuda y vivaracha, con opiniones propias y un sentido muy claro de lo que era correcto. Tenía una doble capacidad: la de animar las fiestas y la de decir la verdad al precio que fuera. A veces era la mejor consejera y otras podía convertirse en tu conciencia si te pasabas de listo. Eso era algo que a Tomás le gustaba, y en más de una ocasión le había ayudado de verdad. Julio por su parte era su apoyo incondicional. Todo estaba bien si él estaba bien, sin preguntas ni rodeos, muy de hombres, y eso también lo agradecía.

Virginia respondió a su beso con un fuerte abrazo y Julio les dijo que se dejaran de tonterías y se sentaran a la mesa. Al instante él traía la paella, no sin que su mujer dejara claro que si el arroz estaba pasado era culpa de su amigo.

—¿Qué tal va todo? —preguntó ella, que había decidido hacer de anfitriona y ya le servía una gran cucharada en el plato.

—Entiendo que te refieres a... ella.

—Por supuesto.

Se conocían bien. No era necesario terminar las frases para comprender su significado.

—Simplemente va marchando.

Virginia asintió y tomó sitio en medio de los dos hombres. En cierto modo aquel grupo estaba partido, porque siempre habían sido cuatro.

—¿Os veis?

Tomás terminó de tragar a duras penas el arroz, que se había vuelto pastoso.

—Un par de veces, nada más.

—¿Y qué opina ella?

Era una pregunta complicada. Su amiga a veces pensaba que por su profesión tenía la capacidad de conocer los secretos guardados en la mente de los demás.

—No tengo la menor idea de lo que piensa —contestó—. Es por eso por lo que estoy en esta situación.

Era evidente. Pero lo que más le preocupaba a aquellos dos buenos amigos era el daño que pudiera sufrir. Ya lo habían visto desolado, no hacía demasiado tiempo, y Virginia no había estado de acuerdo con sus locuras. Julio sí, por supuesto, pero él estaría de acuerdo aunque Tomás se tirara a un pozo.

—¿Y si las cosas no salen como tú quieres? —insistió ella.

Julio arrojó la servilleta sobre la mesa, en un gesto desacostumbrado en un hombre con su paciencia. A él también le afectaba el cambio que se había producido desde que eran solo tres.

—¡Virginia, basta ya! —exclamó para marcar un punto y aparte—. ¿No ves que el doctor quiere relajarse, no que lo acribillen a preguntas incómodas?

Tomás puso una mano sobre la de su amiga.

—No puedo dejar de intentarlo.

—Has perdido a tu mujer y ahora... —al fin sonrió e hizo aquel gesto que siempre repetía cuando zanjaba una discusión, palmearle ligeramente la mejilla—. No me gusta lo que estás haciendo, Tomás.

Tenía que reconocer que quizá Virginia tuviera razón, sin embargo era su decisión.

—Lo sé, pero necesito hacerlo.

Julio ahora dio un golpe en la mesa. Ni una palabra más de crispación. Ya se veían lo suficientemente poco como para además convertirlo en una discusión.

—Se acabó —dijo con aquel tono que no admitía réplica—. Tú y yo vamos a hablar del partido de ayer, y tú —señaló a su esposa—, o aprendes de fútbol o dejas de recriminar a nuestro amigo lo que haga con su vida.

Al fin hubo paz en la mesa y poco a poco la tensión se relajó. El almuerzo continuó de forma más civilizada. A los postres ninguno de los tres se acordaba del incidente. Se despidió con más prisas de las que deseaba, pero tenía pacientes esa tarde. Dejó el coche en el parking de la clínica, no sin antes comprobar que tenía otra multa por haber extralimitado en seis minutos su estacionamiento en zona azul. Maldijo entre dientes, pero ya no había nada que hacer. Cuando llegó a la consulta su enfermera le esperaba mientras atendía el teléfono.

—¿Ha llegado Elena?

—La he hecho pasar, doctor.

Cuando entró la encontró de pie, observando detenidamente una de las fotografías que había colgadas de la pared. Representaba un banco solitario en medio de un parque. Debía de haber sido tomada en otoño, como ahora, porque el suelo estaba cubierto de hojas y la luz del sol era intensamente dorada. Le había impresionado la soledad que transmitía aquella imagen. Era como si el artista hubiera logrado captarla. Tomás permaneció un instante observándola. Daría un brazo por saber qué sucedía en la cabeza de Elena, por conocer sus pensamientos más íntimos, por saber qué pensaba de él. También le sucedía lo mismo que la primera vez que la vio, que tenía unas ganas irrefrenables de besarla, de mirarla a los ojos y decirle cuánto le gustaba.

—¿Te gusta?

La pregunta de Tomás la trajo a la realidad. Cuando ella se volvió descubrió a Tomás, que estaba junto a la puerta, mirándola con curiosidad. Ni siquiera lo había oído entrar.

—Me gustan todas.

—Forman parte de una serie sobre los estados del alma.

—¿Conoces al fotógrafo?

Él asintió.

—Fuimos muy cercanos. ¿Qué tal te encuentras?

Elena se encogió de hombros. Era una pregunta difícil de contestar.

—Creo que bien. A veces descubro que nada de lo que me rodea es de mi agrado, pero por lo demás no puedo quejarme.

Él la miró de forma muy profesional y le pidió que se sentara en la silla.

—¿Dolor de cabeza?

—No.

—¿Fatiga?

—Tampoco.

—¿Sueños extraños?

—¿Eso incluye los eróticos?

Él sonrió.

—También.

—Creo que hace semanas que no sueño.

De nuevo Tomás asintió.

—Simplemente no los recuerdas.

—Eso debe de ser.

Elena deseaba volver a verlo, y ahora que lo tenía cerca solo quería salir de allí. Era un sentimiento encontrado que tenía demasiado de racional. Le gustaba muchísimo aquel hombre y tenía que tener cuidado con él.

—Voy a reconocerte —dijo Tomás—. Solo será un momento.

Le hizo varias pruebas que ya habían repetido en el pasado. Le observó las pupilas con una lente, le palpó la garganta, le hizo varios tests de sensibilidad y algún otro para comprobar sus reflejos. Al final se dio por satisfecho.

—Parece que todo sigue bien. Por mí no tenemos que vernos hasta dentro de un par de meses —se detuvo un instante antes de terminar—. Dentro de la consulta.

—Es muy buena noticia.

Elena ya se había puesto en pie. Tenerlo tan cerca mientras comprobaba su salud había sido, cuando menos, intenso. Iba a despedirse cuando él carraspeó para llamar su atención.

—¿Haces algo este fin de semana?

Ella se encontró atrapada ante la necesidad de dar una respuesta.

—Lo tengo comprometido.

Aquello pareció contrariarlo.

—Vaya. Es normal —pero no iba a dejarlo pasar—. ¿Alguno de estos días? Por la tarde hago deporte pero después estoy libre.

Elena tomó aire. Aquello le estaba costando más trabajo de lo que esperaba. Aquel hombre le gustaba de verdad.

—Estoy más liada de lo que esperaba —no sabía qué hacer con las manos, estaba nerviosa—, pero te llamaré.

Él estaba allí plantado, con ese gesto adusto que apenas lo abandonaba, pero encajó bien el golpe. De pronto ella se dio cuenta de que quizá no era un hombre al que habían rechazado a menudo, pero tampoco era de los que se acercaban a cualquiera hasta estar seguros de lo que quería.

—Por supuesto —contestó Tomás al final de un prolongado silencio.

Elena se sentía fatal. Era como si cerrara la puerta a una oportunidad. Más bien como si le diera con esa puerta en las narices a aquel hombre que no le era indiferente. Pero su vida en aquel momento era un verdadero lío, y empezar algo con un hombre que estaba enamorado de otra y que, además, era su médico, solo podía complicarlo más. Decidió, al menos, ser amable.

—Gracias por todo —murmuró antes de salir—. Saber que me estoy recuperando es la mejor noticia —una nueva pausa—. ¿Crees que lograré…?

Él sonrió de aquella manera contenida.

—Nunca se sabe, pero prefiero que seamos pesimistas en eso. Es en lo único en lo que no debemos albergar esperanzas.

Desde luego era lo mejor.

—Tienes razón —le lanzó una sonrisa antes de marchar, y a ella misma le sonó como una disculpa—. Gracias de nuevo.

Al final salió de la consulta, dejando a Tomás de pie junto a la mesa. Pasaron algunos segundos y él no se movió. Algo había sucedido desde la última vez que se habían encontrado, porque entonces estaba seguro, casi seguro...

Sonó el teléfono que reposaba sobre la mesa. Era su enfermera que necesitaba saber si debía hacer entrar al siguiente paciente. Tomás suspiró antes de contestar, y llegó a la conclusión de que aquel era un día verdaderamente gris.

Capítulo 8

—El obturador estaba demasiado abierto, pero el resultado es bueno, ¿no crees?

Elena miró la imagen en la pantalla del ordenador y estuvo de acuerdo con Alejo. La fotografía estaba quemada en el fondo y los árboles en primer plano parecían demasiado iluminados, pero por lo demás le gustaba el efecto.

—¿Crees que llegaré a hacerlo bien? —le preguntó a su profesor.

—Pocas veces he visto a alumnos que aprendan tan rápido. Dentro de poco me habrás superado y yo tendré que urdir un plan para asesinarte —le contestó Alejo de buen humor.

Alejo la había llamado al día siguiente del accidente, anticipándose a la intención que ella le había manifestado. Cuando Elena oyó su nombre sintió un sobresalto. Pensó que le había pasado algo durante la noche, quizá una herida oculta a primera vista, pero Alejo la tranquilizó. Todo seguía perfecto pero debían comenzar con sus clases de fotografía de inmediato. Tenía un par de semanas libres y podría ser su profesor si ella estaba de acuerdo.

Quedaron para el próximo día que Elena librara en el trabajo, y a las nueve en punto ella apareció en su estudio dispuesta a aprenderlo todo. El estudio de Alejo era una nave en un polígono industrial de las afueras que le costó trabajo encontrar. Estaba entre una chatarrería abandonada y un almacén al por mayor de ropa china, en una de las últimas calles, dando a un descampado. Esperando ante la persiana metálica se preguntó qué diablos hacía allí, pero cuando esta empezó a subir y dejó al descubierto su interior, de nuevo descubrió cuánto le apetecía aprender fotografía.

Era un espacio amplio y diáfano, con el suelo pintado de negro y el techo muy alto, de vigas metálicas. Estaba dividido en varias áreas de trabajo. En una esquina fondos y paraguas, en otra cajas de luces para plasmar detalles. Más al fondo el equipo de postproducción. Había una cocina y un baño. El centro de la nave era una plataforma elevada a la que se accedía por una escalera. Desde abajo se podía apreciar un ropero enorme, un sofá y una cama, por lo que Elena llegó a la conclusión de que aquella era también la casa de su profesor.

Alejo había permanecido a un lado, observándola mientras ella, extasiada, recorría con la mirada cada uno de aquellos escenarios. Cuando se volvió lo descubrió muy atento a su expresión y con una ligera sonrisa colgada de los labios.
—¿Preparada?
—Preparada.
La mañana había sido productiva. Él le había dejado una de sus cámaras analógicas. Tenía una pequeña distorsión en el ángulo derecho de la imagen, como un ligero rayo de luz, pero le dijo que era con la que él mismo había aprendido. Elena no sabía nada de fotografía por lo que tuvo que formarse en los rudimentos básicos. Él fue paciente en todo momento y machacó tanto los conceptos que no le quedaron dudas acerca de qué era la profundidad de campo o cuál la relación invariable entre diafragma y obturador.

En un momento dado, mientras Alejo cambiaba el carrete, ella se dedicó a analizar a su profesor. Era un tipo curioso, pero sobre todo le transmitía una sensación de libertad que era como una bocanada de aire fresco. Incluso su apariencia hablaba de aquello. Llevaba unos amplios pantalones blancos, chanclas pese al frío y una camisa también holgada y del mismo color. Le gustaba su barba y su pelo largo y oscuro, que tanto ese día como la otra vez llevaba recogido. Tenía un aire bohemio y vividor que empezaba a darse cuenta de que le gustaba. Era un hombre muy guapo y desde luego seguro de sí mismo. Más joven que ella. Calculó que al menos seis o siete años, lo que lo situaba casi en otra generación. En un momento dado, cuando hablaron de fotografía en movimiento, él hizo de modelo y dio un par de vueltas en el aire para que ella congelara la imagen. Cuando volvió de nuevo a donde estaba Elena para comprobar si el diafragma y el obturador utilizados eran los adecuados, parecía sofocado, y Elena se descubrió pensando en cómo encajaría en su vida alguien así. Al instante ladeó la cabeza para apartar aquella idea absurda de su mente. ¿Qué le estaba sucediendo? ¿Un efecto secundario de su dolencia?

A mediodía llegó un repartidor con comida hindú y ambos la despacharon con ganas.

—¿Desde cuándo te dedicas a esto? —le preguntó Elena mientras engullía su pollo *tandoori*.

Alejo lo pensó, como si tuviera que remontarse a siglos atrás para encontrar una respuesta.

—Desde siempre —dijo al fin—. Profesionalmente desde que decidí que no quería tener un jefe que me amargara la vida.

—Buena respuesta.

Continuaron degustando la comida en silencio junto a la estufa. La nave era enorme, no tenía calefacción y a finales de octubre el frío se empezaba a notar. Elena pensó en cómo sería vivir allí en febrero, porque entonces habría que taparse con una manta para no morir congelado.

En un momento dado Alejo paró de masticar para preguntarle algo que llevaba tiempo dándole vueltas por la cabeza.

—¿Sabes que no sé nada de ti?

—¿Y qué es necesario que sepas?

Lo meditó un instante, algo que parecía hacer de forma habitual antes de hablar.

—Aparte de que eres buena en esto y muy, muy atractiva… me gustaría saber a quién he dejado entrar en mi casa.

Ella soltó una carcajada.

—Vaya, tienes miedo a que te robe algo.

Él no cambió aquel aire divertido con que la miraba, pero sus palabras sonaron de una manera diferente.

—Creo que ya lo hiciste, pero no es buen momento para hablar de eso.

Elena hizo como que no lo había entendido. Hasta ese momento solo era su profesor. Un tipo al que había atropellado y por designios del destino había contratado como maestro. Sin embargo se daba cuenta de que su cabeza había divagado esa mañana, y él insinuaba quizá cosas que no quería creer. Se convenció de que un tipo con aquel físico debía ser un casanova, y seducir a cualquier mujer que tuviera delante debía formar parte de su quehacer diario.

—Ni yo misma sé quién soy —contestó al cabo de unos segundos—, pero dejémoslo en que quiero encontrar sentido a mi paso por este mundo.

—Eso es muy profundo para un almuerzo.

—Es lo primero que me ha pasado por la cabeza.

De nuevo los dos rieron de la ocurrencia y decidieron que lo mejor era ponerse manos a la obra.

Por la tarde cambiaron de cámara, a una digital. Alejo era de la opinión que solo se aprende fotografía con una vieja analógica, pero para poder avanzar rápidamente hay que ver el resultado de inmediato. Tras el almuerzo no hubo teoría, solo prácticas. Él iluminó varios objetos que ella retrató. Más tarde salieron a la calle para aprovechar la luz dorada del sol. En un momento dado Elena se sintió tan bien, tan libre, que se olvidó de su profesor y empezó a buscar ángulos, escenas que retratar y que le transmitieran algo que comunicar.

Ahora estaban ante el ordenador, analizando cada imagen que ella había tomado y explicando dónde podía haber un error y cómo subsanarlo.

—Tienes ojo para esto —le confesó Alejo—. Tienes capacidad para ver el mundo de una manera distinta, y eso es todo en un fotógrafo.

—Creo que eres demasiado benévolo.

—Si me conocieras sabrías que digo la verdad.

Ella sintió un poco de frío. La estufa estaba en el otro lado de la nave y hasta allí su calor no llegaba de ninguna manera. Miró alrededor. Hasta ese momento no se había dado cuenta de que la luz que los iluminaba era natural, suministrada por las claraboyas del techo, pero ahora que anochecía los rincones se llenaban de penumbras y en el exterior había dejado de oírse el ajetreo de la calle.

—De noche esto tiene que estar un poco solitario.

Él siguió la dirección de su mirada.

—Hay murciélagos y me hacen compañía.

Solo de pensarlo sintió un nuevo escalofrío.

—Creo que te envidio —dijo al fin Elena.

—¿Por los murciélagos?

—Porque no hay ataduras.

Era verdad. No las había. Y aunque ella no lo creyera, Alejo las echaba en falta de vez en cuando.

—Las cadenas casi siempre nos las ponemos nosotros mismos.

—Quizá tengas razón.

Él cerró la carpeta que había en la pantalla, donde había descargado las fotos de Elena. Ya era tarde y ella tenía que salir del polígono industrial y llegar hasta la ciudad. Sin decir palabra la acompañó a la puerta. Pulsó un botón y la persiana metálica empezó a ascender.

—¿Hay alguien? —dijo él en algún momento, como si fuera una fórmula de cortesía.

—¿Alguien? —preguntó ella sin entender.

Él carraspeó antes de contestar.

—Un hombre esperándote en algún lado.

Por alguna razón la imagen de Tomás acudió a su mente con tal nitidez que casi olió su aroma. No se había percatado de este detalle ni en la consulta ni durante la única vez que habían salido juntos. Era un aroma sabroso, una pizca de sal y algo de pimienta. Inmediatamente decidió dejar de pensar en él.

—No hay nadie —dijo con demasiada seguridad—. Al menos nadie que sea posible. ¿Por qué me lo preguntas?

—Simplemente quiero saber a quién le he abierto las puertas de mi casa, ya te lo dije.

La persiana ya estaba arriba y el enorme trasto de Elena aparcado justo enfrente.

—Será mejor que me marche —dijo ella tendiéndole la mano.

Él se la estrechó, pero no hizo por soltarla.

—Nos vemos el sábado.

—Aquí estaré, pero necesito que me devuelvas la mano.

Él, por primera vez desde que se conocieran, pareció apurado. Elena lo notó en una sombra veloz que pasó por sus ojos. La soltó al instante y los dos rieron, un poco avergonzados, por lo ocurrido. Sin más, ella abandonó la nave y llegó a su coche. Ya era noche cerrada.

—¿Tienes miedo a las motos? —le preguntó él desde el otro lado de la calle antes de que ella se sentara al volante.

—Creo que no —lo dudó—. No recuerdo haberme subido en ninguna. ¿Otro misterio?

—Ya veremos —dijo él guiñándole un ojo.

Algo confusa se ajustó el cinturón de seguridad y arrancó. Cuando pasó por delante de la puerta lo saludó con la mano y él correspondió con el mismo gesto. Mientras se perdía calle abajo, Alejo la observaba muy serio, preguntándose por qué se había sonrojado con una mujer.

Capítulo 9

Celeste acababa de marcharse y entre las dos habían conseguido transformar el estudio. Era una habitación pequeña, la única interior del apartamento, a la que apenas daba uso a no ser que tuviera que buscar algo por Internet, pues era allí donde estaba el nuevo ordenador.

La transformación del espacio había surgido de una idea fugaz que había pasado por su cabeza y ella había atrapado al vuelo. Últimamente se daba cuenta de que empezaba a actuar así. No pensaba largamente los pros y los contras de cada uno de sus actos. Simplemente una idea acudía a su cabeza y ella la seguía para después valorar si el resultado era correcto o no.

Celeste se estaba empezando a convertir en una buena amiga. Casi todas las tardes, antes de clase, pasaba unos minutos por su casa con cualquier excusa: dejar las llaves por si venía su sobrino, preguntar si habían dejado un paquete, o echar un vistazo a sus avances en decoración. Últimamente Elena había llegado a la conclusión de que en verdad lo que hacía era cuidarla, preocuparse por ella, comprobar que todo marchaba bien. Y aquel descubrimiento la llenó de ternura.

Cuando Elena le contó sus planes, ella misma compró los materiales y esa tarde se habían puesto manos a la obra. Habían transportado el equipo informático al *office*. No es que le gustara demasiado la idea de tener que estar desayunando con aquel trasto en la mesita de al lado, pero por nada del mundo lo iba a meter en su dormitorio, y en el salón no encajaba.

Lo más delicado eran las ventanas. Celeste se las había ingeniado para crear en el estudio un mecanismo de quita y pon con fieltro negro y velcros. Cuando el fieltro se ajustaba al marco lo opacaba completamente, tanto como para que ningún rayo de luz fuera capaz de atravesarlo. Con la mesa al fin libre de ordenador e impresora, habían dispuesto sobre ella los materiales de trabajo. La ampliadora en una esquina, seguida de las cubetas de revelado, el temporizador y el tanque de negativos. Sobre la repisa habían ordenado filtros multigrado, lupas, cuentahílos, probetas y termómetros. Por último habían quitado la bombilla de la lamparita de mesa para sustituirla por una luz roja. Su nuevo estudio de revelado estaba terminado y ya tenía ganas de echar unos carretes en blanco y negro para ver qué tal se le daba.

No había consultado la idea con Alejo. Él le estaba enseñando a manejar una cámara, técnicas de encuadre, composición, y muchas cosas más, todas ellas necesarias. Esto ya formaba parte de ella misma y de cómo empezaba a ver el mundo. Sin embargo aquel proyecto analógico, alejado de programas de retoque fotográfico y archivos de imagen, era algo personal y quería que siguiera siendo así.

Iba a empezar a preparar la cena cuando llamaron a la puerta. No es que tuviera muchos amigos. De hecho, el cincuenta por ciento de todos ellos acababa de abandonar su casa camino de sus clases nocturnas en un instituto de secundaria. Tampoco podía ser el cartero pues repartía por las mañanas. Casi se sintió animada por el hecho de descubrir quién podía venir a esa hora, así que cuando abrió la puerta se llevó una sorpresa.

—No sabía si estarías en casa —dijo Tomás sin saber si debía esperar una invitación a pasar.

Elena estaba boquiabierta. Por varias razones. Una de ellas, porque era a la última persona que esperaba encontrar allí. Otra, porque aquel hombre seguía provocándole un pálpito en el corazón. Estaba tan serio como siempre, con las cejas levemente fruncidas en una expresión entre curiosa y ofendida, y con su mirada analítica clavada en ella. Elena se descubrió pensando en que había tenido ganas de verlo, y en la sorpresa que había supuesto recordar su olor unos días atrás, cuando había estado en clase con Alejo. Sin darse cuenta olfateó el aire de su alrededor, y allí estaba, esa pizca salada y brillante que olía a hierbas y a mar. Era algo tan personal, tan erótico, tan único, que sintió un cosquilleo en la nuca.

—¿Cómo…? —pudo articular al fin—, ¿ha sucedido algo?

Él se dio cuenta de que su presencia allí, la de su médico, podía augurar una mala noticia, por lo que se precipitó a calmarla.

—No, no te preocupes. Está todo bien —se encogió de hombros—. Solo que he pasado cerca y quería saber qué tal te encontrabas.

—Por supuesto, pero, por favor, entra —hasta ese momento no se había dado cuenta de que no había mostrado señales de cortesía—. No te quedes en la puerta.

Él sonrió de aquella manera leve que tanto le gustaba. Elena estuvo segura de que si alguna vez la vida la llevaba a los brazos de aquel hombre la dedicaría a intentar arrancarle una de aquellas sonrisas donde su rostro se transformaba en algo a tener en cuenta.

Tomás pasó a su lado hasta el centro del salón. La reforma estaba terminada y el resultado era espectacular.

—Es... —buscó una palabra que lo definiera, pero no era bueno en eso—. Realmente me gusta.
—¿Seguro?
—Seguro.
Aun así Tomás se acarició la barbilla y ella vio cómo dudaba. Entornó los ojos y se giró para ver el espacio en su totalidad.
—Las paredes —dijo él al fin.
—¿Qué les sucede a las paredes?
—Están un poco desnudas.
Y tenía razón.
—Había pensado en no colgar nada hasta que no encontrara un cuadro que me gustara de verdad.
Él estuvo de acuerdo con aquella observación. Hasta ese momento, hasta que Tomás no se lo tendió, Elena no se había percatado de que llevaba un paquete debajo del brazo.
—Te he traído esto.
Ella lo miró mientras estuvo suspendido en el aire, envuelto en papel marrón y atado con una cuerda de cáñamo.
—¿Qué es?
—Creo que te gustará.
Solo entonces lo cogió. Volvió a mirar a Tomás antes de abrirlo, y cuando vio aquella sonrisa en sus ojos se decidió a desenvolverlo tan deprisa que el suelo quedó lleno de rastros de papeles.
Era una fotografía a todo color enmarcada en una leve caña negra. De hecho era la misma que

había observado por primera vez en su consulta. Aquella que no había querido salir de su cabeza y que quizá hubiera impulsado su nueva afición. Una casa solitaria en una playa solitaria. Sintió algo muy tierno dentro de sí. Lo identificó como un retazo de felicidad. Como un recuerdo de algo hermoso que nunca había existido.

—Estaba en tu consulta —pudo articular.

—Me gustaría que lo tuvieras.

Estaba a punto de soltar una lágrima. No por la foto, no por Tomás, sino por todo. Porque parecía que al fin las cosas empezaban a marchar y la oscuridad quedaba atrás como si nunca hubiera existido.

—Aún me pregunto cómo es que nunca he tenido un álbum de fotos —dijo conteniendo al fin una lágrima—. Al menos parece ser que ha sido así. Estoy segura de que guardaría alguna como esta. El lugar perfecto donde perderse. Donde olvidarse de todo.

Él le quitó importancia. Mantenía su postura grave y formal pero las reacciones que se estaban produciendo en Elena no lo estaban dejando indiferente.

—Puedes empezar colgándola en la pared —dijo al fin—. Más adelante veremos qué hacer con tanto espacio libre.

Elena estuvo de acuerdo. Quería pensar muy bien dónde la colgaba. Tenía que ser en un sitio especial, en un lugar donde estuviera siempre a la vista. También pensó en que Tomás había utilizado el verbo en plural. Le gustó aquel «veremos». De pronto recordó que no se lo había dicho a su doctor.

—¿Sabes que he empezado a recibir clases de fotografía?

—¿En serio? —la miró sorprendido.

—Fue una necesidad. No lo pensé demasiado, ¿sabes? Espero no arrepentirme. Quizá soy de las que dejan las cosas a medias.

Él sonrió de nuevo y Elena se preguntó por qué se sentía tan a gusto cuando Tomás estaba cerca.

—Estoy seguro de que no te arrepentirás y de que lo harás muy bien —le contestó él.

Pero entonces, y solo entonces, ella se dio cuenta de que ni le había ofrecido asiento ni nada que tomar. Notó cómo se ruborizaba. ¿Qué estaría pensando en ese momento Tomás de ella?

—Soy un desastre —dijo avergonzada—. ¿Quieres beber algo? Tengo... cerveza. Solo agua y cerveza.

—No, gracias. Debo marcharme. Solo pasaba por aquí para darte este regalo de bienvenida al barrio.

Elena en cierto modo lo agradeció. No porque quisiera que se fuera. No porque le incomodara. Sino por todo lo contrario. Miró de nuevo la fotografía, que había dejado sobre la mesa para poder verla al pasar, y tuvo la necesidad de ser sincera con él.

—El otro día —le costó trabajo enfrentarse a sus ojos verdes y duros—, cuando me pediste que nos viéramos…

Él inmediatamente le quitó importancia con un gesto de la mano lo que lo volvió aún más encantador.

—No tienes que darme explicaciones. Lo entiendo perfectamente.

—No es que te dijera que no. En verdad lo hice, pero… Simplemente creo que quizá haya algunas cosas que deberían estar claras antes de que tú y yo…

Tomás asintió. Quizá todo había sido demasiado rápido, demasiado precipitado.

—No sé qué impresión te estarás llevando de mí, pero no suelo acosar a mis pacientes —dijo en tono de humor, para quitar tensión a aquel momento—. Tómate tu tiempo. Que estés bien es lo importante.

Ella también sonrió y Tomás se descubrió prendido de aquel gesto.

—A pesar de tu frente fruncida… —continuó ella sin darse cuenta de que su gesto era de arrobamiento—. ¿Nunca te enfadas cuando las cosas no salen como quieres?

Él apartó la mirada para fijarla un instante en el suelo. Cuando volvió a sus ojos ya estaba recuperado y volvía a ser el hombre duro y distante de antes.

—Me he enfadado demasiadas veces en el pasado. Me prometí a mí mismo intentar comprender y dejar que la vida simplemente fluyera alrededor.

Elena pensó que no quería olvidar esas palabras. Se podían convertir en un mantra que una vez se alzara en oración volviera luz la oscuridad.

—Cuando naces de nuevo es como si nada hubiera existido —dijo más para sí que para ser oída.

—Sin embargo existió, y a veces es complicado alejarnos de nuestros fantasmas.

Elena ya no lo escuchaba. Otra idea fugaz acababa de volar por su mente y decidió verbalizarla sin más.

—El martes.

—¿El martes? —le preguntó él sin comprender.

Ella tomó aire. Quizá se arrepentiría de lo que iba a hacer, pero era lo que deseaba en ese momento y no lo iba a dejar pasar.

—Si no tienes nada que hacer el martes, me gustaría que diéramos un paseo. Necesito modelos para mis fotos y tú no eres mal parecido.

Él se descubrió sonriendo, pero de una forma diferente. Estaba seguro de que si se miraba en el espejo habría una sonrisa de bobo colgada de sus labios.

—Miraré mi agenda y si hay algo lo suspenderé.

Ella lo acompañó hasta la puerta para una despedida formal. Un simple «adiós», pues todo lo demás estaba dicho.

—Gracias —dijo Elena cuando él ya bajaba el primer tramo de escaleras.

—¿Por qué?

—No lo sé, pero tengo la impresión de que debo dártelas.

Capítulo 10

Elena estacionó el coche en el mismo lugar que la otra vez, frente a la nave que servía de estudio y casa a Alejo. Cuando se apeó, él ya iba a su encuentro.

—Ponte esto —le arrojó un casco de moto que ella apenas tuvo tiempo de coger en el aire.

—Pero... hoy teníamos clase.

—Sígueme —le dijo pasando de largo por su lado y guiñándole un ojo.

La moto de Alejo estaba un poco más allá, frente a la chatarrería abandonada. Cuando Elena reaccionó y fue en su busca, él ya estaba preparado para partir y con el casco puesto. Ella se lo pensó un instante antes de subirse, pero de nuevo creyó que no perdía nada intentándolo así que se ajustó también el casco y pasó una pierna por encima del sillín hasta sentarse tras él en la moto.

—¿A dónde vamos?
—Ya se nos ocurrirá algo.

Alejo arrancó a la vez que imprimía velocidad a su viejo trasto, por lo que la moto rugió y se precipitó hacia delante como un toro bravo. Ella tuvo que agarrarse a su cintura para no caerse y apretar las rodillas contra la carrocería para sentirse segura. Era una sensación desconocida: el viento recortándose a su alrededor, el motor bramando entre sus piernas, y Alejo maniobrando entre sus brazos. Se dio cuenta de que era bastante delgado y allí donde ella sujetaba sus manos, sobre su vientre, la musculatura era dura y flexible.

La moto avanzaba comiendo kilómetros, deslizándose entre los coches hasta ir ganando terreno. Salieron del polígono industrial y atravesaron la ciudad. Él conducía con agilidad, esquivando obstáculos, inclinándose a derecha o izquierda con tanta maestría que al poco Elena se dio cuenta de que se sentía lo suficientemente segura como para relajarse. Lo dudó cuando la moto se deslizó entre dos camiones. Ella juraría que no iban a caber entre ellos, pero Alejo aceleró y, cuando pasaron por la estrecha apertura, ella cerró los ojos con tanta fuerza que hasta le dolieron. Cuando los abrió ya habían quedado atrás y salían de la ciudad para adentrarse en una carretera secundaria rodeada de cultivos.

En aquel punto al fin dejó que el aire saliera libremente de sus pulmones y permitió que su cuerpo también lo hiciera, pegándose un poco más al del conductor. Cuando Elena inclinó la cabeza vio cómo los sembrados daban paso al bosque y cómo la carretera se escarpaba para subir a la sierra. Alejo desaceleró para meterse por un camino de tierra, y cuando estuvo seguro de que la máquina respondería sobre el terreno inestable, de nuevo giró el puño para recorrer los últimos kilómetros.

Detuvo la moto bajo un árbol, la aseguró para que no se volcara y, solo entonces, saltó a tierra y se quitó el casco.

—Ya hemos llegado.

Ella lo imitó y pasó la pierna hacia el otro lado hasta bajarse. Se dio cuenta de que después de tanto tiempo estaba un poco mareada. Sacudió la cabeza y el mundo volvió a su sitio. Solo entonces se giró para mirar alrededor. Estaban en una zona bastante apartada y densa del bosque, aunque unos pasos más allá parecía que se aclaraba. ¿Dónde se encontrarían? Decidió preguntarle a su profesor. Alejo ya había guardado ambos cascos y ahora iba a su encuentro.

—Vamos, tengo una cosa que enseñarte.

Sin más la cogió de la mano y emprendió camino hacia el claro del fondo. Ella avanzó tras él casi a rastras, esquivando piedras y ramas caídas. Miró hacia su mano prisionera y le resultó extraño verla atrapada entre aquellos dedos. Cuando al fin salieron de la penumbra que marcaba el boscaje ella se dio cuenta de que la intensa luz del mediodía le molestaba en los ojos.

—Aquí es donde quería traerte —dijo él señalando alrededor y tomando una bocanada de aire fresco.

Los árboles se despejaban al pie del riachuelo. Era poco más que eso, un reguero de agua que bajaba saltando desde la parte alta de la sierra. Estaba salpicado de piedras y a su orilla crecían largas cañas inmóviles ante la falta de brisa. Un poco más arriba había un edificio medio derruido. El tiempo lo había tratado mal. Parte de la techumbre estaba desplomada y la puerta era una angostura oscura y llena de sombras. Se volcaba hacia el arroyo en una construcción de madera que parecía sostenerlo. También estaba ajada, pero no en tal mal estado, a pesar de estar construida en un material bastante delicado.

—¡Un molino! —exclamó ella cuando comprendió qué tenía delante.

—Un molino de agua, para ser exacto —le aclaró Alejo—. Ven, vamos a ver el interior. Quizá haya sufrido más desperfectos desde la última vez que estuve aquí.

Sin esperar a que ella contestara se encaminó en aquella dirección. Elena lo vio desaparecer por la puerta, echó un último vistazo a su alrededor, suspiró y siguió sus pasos.

Tardó en acostumbrarse a la oscuridad. No tanto porque fuera absoluta sino por el contraste que se perfilaba sobre el suelo y las paredes.

—La fotografía es luz, por eso estamos aquí.

Oyó su voz antes de verlo. El interior era un espacio angosto y lleno de trastos. Todo tenía el mismo color gris de la tierra y el polvo asentados. La techumbre de madera estaba muy deteriorada. Muchos tablones eran inexistentes por lo que la luz atravesaba los huecos revelándose en una sombra acebrada. Luz y oscuridad alternas. Todo y nada. Y Alejo al fondo de la estancia con medio rostro en penumbra y el otro tan iluminado que su mirada ciclópea parecía transparente.

—Es hermoso —fue lo único que pudo decir Elena, empezando a comprender la belleza de aquel lugar.

Alejo avanzó hasta donde ella se encontraba, esquivando los desechos esparcidos por el suelo.

—Observa cómo se suceden las luces y las sombras —señaló con la mano aquella alternancia mágica—. Esa mesa brilla en un extremo y es invisible en el otro. La lente de tu cámara tendrá dificultades para leer estos contrastes y tú debes decirle qué es necesario resaltar y qué se olvidará en la penumbra.

—¿Me enseñarás?

Él la miró muy serio, como para asegurarse de que se lo tomaba en serio.

—Te ayudaré con las soluciones técnicas, pero la visión, la visión del fotógrafo lo es todo aquí. Por eso te he traído. Este es un espacio complejo donde debes tomar decisiones.

Ella sonrió casi sin darse cuenta.

—Últimamente empiezo a ser buena en eso.

Alejo volvió a mirarla de aquella forma que le daba el aspecto de todo un profesor.

—Me parece que acabamos de dejar de hablar de fotografía.

Elena casi se ruborizó.

—Recuerda que no nos conocemos de nada. Yo puedo ser una asesina a sueldo y tú mi despistada y joven víctima.

—Sé kárate, así que ándate con cuidado.

Ahora sí soltó una leve carcajada que él degustó con ojos brillantes. Llevaba toda la semana pensando en aquel momento. Cuando Elena viera aquel espacio angosto y sucio. Se había prometido a sí mismo que decidiría qué hacer según su reacción. Había llevado allí a muchas chicas. En la parte de atrás la hierba se volvía mullida y los árboles daban una penumbra que incitaba al pecado. La mayoría de ellas se habían negado a entrar en aquel molino medio derruido, y las que lo había hecho habían salido despotricando. Si Elena era diferente… si Elena era capaz de ver lo que él veía, quizá…

—Quería darte las gracias por todo esto —dijo ella sacándolo de sus pensamientos—. Hace unos días, cuando nos conocimos, no estaba en el mejor momento de mi vida, ¿sabes? Sin embargo parece que las cosas empiezan de nuevo a encajar, y tú en parte eres responsable de eso.

Él recorrió los escasos pasos que los separaban hasta ponerse a su lado.

—No quiero parecer indiscreto... bueno, la verdad es que siempre lo he sido, así que tengo que preguntarte qué ha sucedido que te ha arrojado a mis brazos.

Aquella forma de explicarlo le pareció curiosa, pero no le dio la mayor importancia. Lo pensó un momento antes de contestar. Era difícil dar una respuesta sobre sí misma que no lo dejara atónito.

—Digamos que todo lo que era dejó de ser y no tuve más remedio que empezar de nuevo.

Él soltó un bufido.

—Eso suena un tanto oscuro.

—Te advertí que era una alumna complicada.

Un brillo desconocido lució en los ojos de Alejo.

—Y preciosa, por cierto.

Aquel piropo le resultó tan adecuado en aquel momento de su vida que lo recibió como una lluvia fría en una noche de verano.

—Vaya, sabes decir las palabras mágicas...

No pudo terminar porque Alejo la besó. Anduvo aquel paso que los separaba, la tomó por la cintura y la besó. A ella le cogió por sorpresa. Primero el tacto de sus manos sobre sus caderas. Después el de sus labios sobre los suyos. Cuando la lengua de su profesor dio el último paso comprendió que había llegado demasiado lejos. Esa era su mente racional. La otra, la que empezaba a disfrutar de los sentidos sin imponer barreras, lo tomó de otra manera. Valoró la maestría de aquel hombre. La forma en que sus labios la mordían, la chupaban, buscando los puntos más sensibles. Se excitó cuando él tomó aire para sumergirse de nuevo en aquel beso largo, muy húmedo y lleno de matices. Pero se impuso su lado racional. Puso una mano sobre el pecho de Alejo y lo apartó con delicadeza.

—No deberíamos…

Él la miró con ojos enfebrecidos. Ella ya había podido comprobar entre sus muslos que estaba excitado.

—¿Por qué no? —se quejó sin brusquedad, solo buscando una respuesta a algo que no entendía—. Tú me gustas y creo que yo te gusto.

Hasta ese momento era una cuestión que Elena ni se había planteado. Bueno, quizá de forma fugaz, por el hecho de ver a un chico guapo y solícito, y ella pensar en cómo sería estar juntos, pero siempre como algo lejano, un espejismo.

—Soy bastante mayor que tú —dijo como si fuera una excusa.

—Unos pocos años a lo sumo.

¿Por qué no? La verdad es que no tenía una respuesta convincente a esa simple pregunta.

—Creo que no soy... —intentó explicarse—, no tengo costumbre...

Él relajó la mirada, aquel cristal lleno de deseo.

—Solo ha sido un beso —se encogió de hombros y volvió a pasear por aquel lugar tan especial—. Sigamos con nuestra clase.

Ella observó cómo se alejaba. Su silueta felina recortada en el claroscuro del fondo. Observó cómo su cabello recogido en la nuca brillaba en tonos cobrizos cuando el sol impactaba sobre ella. Cómo su barba descuidada resaltaba también con aquellos tonos terrosos. Contempló su silueta espigada y fornida. Sabía que bajo aquella camisa holgada, bajo aquel gabán sin forma, había una cintura estrecha y unos abdominales poderosos. Elena pensó que quizá no era más que eso, un beso. El beso cálido de un joven experto. O quizá no.

—Dime qué imagen tomarías de este ángulo —dijo Alejo en aquel momento, trayéndola a la realidad de un viejo molino abandonado.

Elena suspiró, y llegó a la conclusión de que era mejor centrarse en sus clases. Por ahora.

Capítulo 11

—No hay nada que hacer, llueve a cántaros —dijo Celeste sin apartar la vista del gran ventanal que se abría delante de las cintas de correr—. No pienso salir de aquí hasta que escampe.

Elena y ella se encontraban de vez en cuando en el gimnasio. Estaba a un tiro de piedra de su edificio de apartamentos, no mal de precio y bien equipado. El único inconveniente era que no había donde dejar el coche por lo que una vez terminaran deberían volver a casa bajo el aguacero.

—Tienes suerte. Yo debo irme a trabajar en veinte minutos y esto no tiene pinta de escampar —le contestó Elena.

Terminaban el entrenamiento con un poco más de *cardio*, una carrera a toda velocidad sobre la cinta. Al menos desde allí la vista era espectacular, los perfiles de la ciudad recortándose sobre el cielo, y más con aquella enorme tormenta que descargaba con fuerza al otro lado del cristal.

—¿Qué tal con tus clases de foto? —le preguntó Celeste acelerando un poco más.

—Muy bien —respondió Elena entre jadeos—. En estos momentos es lo único que de verdad sé que forma parte de mí.

—No seas injusta contigo misma. Lo que sucede es que las aficiones, como las pasiones, suelen darnos lo mejor de la vida.

—Y también se llevan una parte importante, pero creo que merecen la pena.

—Así me gusta. ¿Y tú doctor qué tal?

Celeste sabía mucho de ella, pero no todo. Elena se había descubierto como una mujer reservada. Al principio todo eran miedos e inseguridades. Había tanto que descubrir de aquel mundo nuevo que se abría ante ella que temía no saber por dónde empezar. En eso Tomás le había ayudado bastante. En una ocasión le dijo que simplemente hiciera aquello que deseaba, y que más tarde evaluara su resultado. No lo estaba llevando al pie de la letra… aún, porque si así fuera se habría metido entre las sábanas de su médico la primera vez que lo vio.

—Con él… —empezó a decir, desacelerando un poco el ritmo—, con Tomás, bueno, solo intento ser amable.

Celeste soltó un bufido.

—Eso suena demasiado condescendiente.

—No, no lo malinterpretes —no había querido decir lo que había sonado—. Me gusta, quizá demasiado, pero hay algo...

—No seas esquiva.

Celeste volvía a tener razón. Hacía un par de días ya le había reprendido por buscar la palabra adecuada. Decía que simplemente las dejara sueltas, libres, que salieran de sus labios con el primer pensamiento. Después solo era cuestión de matizar. Pero para ella no era fácil.

—¿Te he dicho que lo dejó su mujer? —dijo Elena siguiendo el consejo de su amiga.

—Eso no significa nada.

—Por supuesto, pero él sigue enamorado de ella. ¿A dónde me llevaría estar con un hombre así?

Celeste también desaceleró el paso. La pantalla de su cinta decía que se detendría en un par de minutos. Aún le daría tiempo a tomar una clase de *spinning*. Y de ayudar un poco a aquella amiga perdida que se empeñaba en cometer los mismos errores.

—Quizá no deberías preguntarte a dónde vas —le dijo entre jadeos—, sino qué harás durante el camino. Disfruta, intenta ser feliz, y simplemente acepta lo que el destino te tenga deparado.

La cinta de Elena ya se había detenido y ella había empezado con los estiramientos.

—Es muy fácil de decir, pero no estoy segura de que yo sea capaz de hacerlo.

—Los límites solo sirven para pasar sobre ellos.

—Y para advertir de que hay peligro una vez lo hagas.

Celeste también se detuvo. Quizá su amiga tenía razón. Cuando alguien se topaba con un foso lleno de cocodrilos significaba que podía morir en el intento, pero también que era posible llegar al castillo.

—¿Y qué más da? —dijo al fin encogiéndose de hombros.

Elena miró el reloj. Aún tenía que ducharse e ir a por su coche.

—Llegaré tarde al trabajo.

—Mala excusa.

—Me van a despedir.

—Lo estás deseando.

Ahora Elena soltó una carcajada. Quizá en el fondo tuviera razón.

—Eres una manipuladora.

—Soy un espejo, como el de la bruja del cuento, y digo la verdad.

La verdad se empezaba a convertir en una obsesión. Aún no había querido buscarla. Sabía que existía y que estaba al alcance de su mano, pero por ahora había preferido mirar el presente y aprender de nuevo qué era la vida.

—Te veo mañana —dijo secándose el sudor de la frente y poniéndose después la toalla sobre los

hombros—. Ponen *Los puentes de Madison* en la tele. ¿Bajas a verla?
—Ni muerta —exclamó Celeste con mirada de espanto—. Decidí dejar de sufrir hace décadas.
—Sáltate los límites.
Ahora fue su amiga quien sonrió.
—Graciosa.
—El trabajo me espera —se despidió al fin Elena, camino de las duchas.

Capítulo 12

Era un lugar cuando menos curioso. Si a Tomás alguien le hubiera dicho que tendría allí una cita con una mujer que le gustaba se habría reído en su cara. Más bien parecía que iban a hacer un trapicheo de drogas o acordar asesinar a alguien.

Él había aparecido un poco antes. Desde la llamada de Elena solo deseaba que llegara aquel momento y por alguna razón quería apurarlo al máximo.

Se encontraba en la penúltima planta de un edificio de aparcamientos. A aquella hora de la tarde el espacio estaba vacío, a excepción de su coche. Los pocos vehículos que aún quedaban habían elegido estacionar más abajo, más cerca de la salida.

Aquel lugar tenía algo desasosegador. Una superficie enorme, con el suelo pintado de rojo, atravesado por innumerables líneas de colores, y un techo bajo sostenido por desnudas columnas de hormigón. La luz provenía del exterior, pues no había paredes hacia la calle, tan solo una ligera baranda también de material que marcaba el tope hasta el que se podía llegar.

Tomás se descubrió con unas ganas enormes de encender un cigarrillo. Lo había dejado hacía años, y en los últimos tiempos esa necesidad se estaba convirtiendo en algo recurrente. Sabía a qué se debía. En verdad conocía bien cada uno de sus síntomas, y todos habían surgido a partir de aquella angustia vital que lo acechaba desde lo de su mujer. Al principio había sido algo terrible, demoledor, pero era un hombre optimista y estaba seguro... en verdad no estaba seguro de nada, solo de que necesitaba una salida y aquella era la única que su experiencia le indicaba que podía funcionar.

El chirrido de los neumáticos de un coche subiendo la última planta del parking lo trajo a la realidad. Miró hacia el fondo y allí estaba el gran Seat Toledo de Elena, acercándose hasta él con los faros encendidos.

Tomás notó cómo su corazón se aceleraba. Cómo con la simple proximidad de aquella mujer sus seguridades se disolvían como un terrón de azúcar en un día de lluvia y se convertían en nada. Eso provocaba Elena en él. La necesidad de convertirse en algo suyo, en algo que quisiera formar parte de su vida.

Ella lo saludó a través de la ventanilla antes de bajarse del coche y él tuvo que tragar saliva antes de ir a su encuentro.

—Menudo sitio, ¿verdad? —dijo ella acercándose para darle un beso.

A él aquel gesto lo cogió desprevenido. No sabía muy bien en qué estadio de su extraña relación se encontraban. ¿En el de estrechar la mano? ¿En el de besarse? ¿En el de meterse en la cama juntos? Este último solo era la proyección de su deseo. Porque la deseaba. Y mucho. Solo era necesario prestar atención a las señales de su cuerpo en cuanto la había visto aparecer. Una tercera persona habría observado cómo se dilataban sus pupilas, cómo subía y bajara su glotis, y cómo sus pantalones cambiaban de volumen. Cuando Elena posó sus labios en su mejilla, él instintivamente cerró los ojos, y su mano abarcó su cintura y la retuvo un segundo más de lo necesario. Tuvo que hacer un esfuerzo para apartar todo aquello de su mente, si no su excitación sería demasiado evidente.

—¿Seguro que no hemos cometido un delito? —dijo con humor, intentando parecer relajado.

—Aún tenemos tiempo de hacerlo.

Ella fue hacia la parte trasera de su coche para sacar el equipo fotográfico. Tomás era incapaz de apartar los ojos de Elena. Llevaba un vestido de un color rojo tan intenso que dolía a la vista. Marcaba su figura sin constreñirla y le aportaba un aire tan vivaz que casi era la primavera que había entrado en aquel aparcamiento cargado de otoño.

—Te sienta bien ese color.

—Lo vi y tuve que comprarlo —ella dio una vuelta completa, como una niña—. Mejor dicho, «pude», porque no era caro.

Tomás arrugó la frente en aquel gesto tan suyo.

—¿Estás pasando por estrecheces? —preguntó con suspicacia.

Ella le quitó importancia con la mano mientras terminaba de montar la cámara.

—No, tengo un buen sueldo, pero también planes que ya te contaré más adelante. ¿Empezamos?

Estaba claro que solo le iba a contar hasta donde quisiera. Decidió no insistir. Era la primera vez en su vida que ejercía de modelo. Le habían tomado fotos unas cuantas veces, pero siempre desprevenido. Aquello le parecía, cuando menos, complicado.

—¿Me tengo que quitar la ropa?

Ella soltó una carcajada que hizo que a él le brillaran los ojos.

—Por ahora no. Pero nunca se sabe —miró a su alrededor, buscando la mejor localización—. He elegido este lugar porque la luz crea sombras interesantes.

—¿Qué tengo que hacer?

—Sé tú mismo.

Él se encogió de hombros.

—Con catorce años esa respuesta hubiera sido terrible.

—¿Y ahora?

—No deja de ser complicada.

Elena ya había decidido desde qué ángulo tomaría las fotos. Quería que la luz mortecina del sol perfilara su rostro, dejando parte de él en la sombra. Era una imagen que venía a su cabeza cuando menos lo esperaba.

—Apóyate en aquella columna —él siguió sus indicaciones—. Así. Y mira hacia la cámara.

De nuevo Tomás obedeció y ella empezó a disparar, buscando los mejores ángulos.

—Se te ve muy profesional.

—Y a ti un experto para ser tu primera vez. Mira ahora al frente.

Cuando Elena lo había llamado esa mañana para confirmar su cita, él se había planteado cómo llevar todo aquello. Hasta ahora solo sabía que se había precipitado. Que precisamente aquello que intentaba evitar había estado a punto de suceder. No podía decirle la verdad, pero tampoco quería mentirle. Una verdad a medias era lo más parecido a toda la honestidad que en aquel momento estaba dispuesto a ofrecer.

—¿Te puedo hacer una pregunta indiscreta? —le dijo cuando ella estaba muy cerca para tomar un primer plano.

—Por supuesto, yo lo hice contigo... pero si no te contesto no lo tomes a mal.

Él se humedeció los labios y ella aprovechó para disparar.

—¿Qué es esto? —dijo Tomás al cabo de un momento—. ¿Qué está sucediendo aquí?

Elena se encogió de hombros y siguió con su trabajo.

—Una aprendiz de fotógrafa intenta retratar a un hombre guapo.

Él esbozó una sonrisa y miró para otro lado.

—Sabía que no me ibas a contestar.

—Intenta afinar con tu pregunta, quizá tengas suerte —le señaló la dirección opuesta a donde debía ahora dirigir la mirada—. Ponte a contraluz, justo en medio de esa línea.

Él obedeció y cuando los rayos del sol recortaron su silueta ella sintió un escalofrío recorriéndole la espalda. Fue incapaz de identificarlo. No estaba muy segura de si era una sensación plácida o desagradable, solo una más de las que su cuerpo experimentaba cuando aquel hombre estaba cerca.

—¿Es esto una segunda oportunidad? —preguntó Tomás al fin—. No me malinterpretes, solo quiero saber si tú y yo podremos ser amigos.

Elena dejó de tomar fotos. Le gustaba aquella actitud franca y directa de su doctor, pero era difícil contestar a sus preguntas.

—¿Has salido con otras mujeres después de lo de tu esposa? —fue lo que dijo.
—No.
—¿Por qué?
Él volvió a encogerse de hombros.
—Simplemente era algo inimaginable.
—¿Y qué ha cambiado ahora?, ¿qué ha cambiado conmigo?
«Tantas cosas», quería decir, pero sabía que era necesario ajustarse al guion.
—¿Vale si te digo que eres lo más parecido a ella que jamás encontraré?
Elena soltó un bufido cargado de humor.
—No es muy halagador para una mujer que la comparen con otra —decidió retomar su sesión—. Camina ahora hacia mí.
Él permaneció parado un instante, pensando en cómo salir de aquel entuerto. Lo mejor era abriendo el corazón hasta donde se había permitido. Al final obedeció sus órdenes y caminó a su encuentro.
—No sé cómo desenvolverme contigo —dijo mirando la lente oscura del objetivo—. Solo sé que quiero estar cerca de ti. Que seamos buenos amigos. Que confíes en mí. Lo demás... ni yo mismo lo sé.
Cuando Elena apartó la cámara, Tomás estaba frente a ella, a escasos centímetros. La asaltó aquella sensación de sofoco que tan bien empezaba a

conocer en su presencia. Sus ojos eran de un verde transparente en aquel momento y la miraban tan fijamente que casi sintió cómo le temblaba el pulso.

—Tú sabes mejor que nadie en la situación que me encuentro —dijo ella sin apartarse de donde estaba—. Un amigo es lo mejor que podría tener cerca.

—Empecemos por ahí entonces.

—¿Y a dónde llegaremos?

Él arrugó la frente un poco más. Un solo paso y la besaría, pero permanecer sereno, quieto a su lado, era la mejor garantía.

—Preguntémonoslo cuando estemos cerca.

Ella sonrió.

—No me parece una mala idea.

Se hizo el silencio entre los dos. Quien los viera allí, en la soledad de un aparcamiento silencioso, parados uno frente al otro y rodeados de silencio, pensaría que eran dos alienígenas intercambiando ADN por *bluetooth*. Él al fin sonrió, y le tendió la mano, como un comienzo.

—Me llamo Tomás —dijo volviendo a su claridad de siempre—. Soy un tipo serio, algo gruñón, me gusta el fútbol y el cine de verano. No te puedo garantizar que estar junto a mí sea una montaña rusa, pero sí que daría mi vida por ti.

Ella miró primero aquella mano inerte en el aire, y después sus ojos. Lo que vio la convenció de que aquel era el mejor camino. Al fin la estrechó con fuerza.

—Me llamo Elena, y solo sé que acabo de pintar mi cocina de color naranja y que empiezo a emocionarme con la fotografía.

Él sonrió y se humedeció los labios de forma inconsciente.

—Vaya par de amigos.

—Y que tengo hambre —añadió Elena—. Eso también lo añadiría.

Él entornó los ojos, intentando encontrar la respuesta adecuada.

—¿Hamburguesa? —dijo al fin.

—Con queso —se emocionó ella.

—Aquí cerca están las mejores de la ciudad. ¿En tu coche o en el mío?

Al fin él soltó su mano y Elena sintió como si una parte de sí misma se fuera con la pérdida de contacto. Se descubrió suspirando, dejando que el aire circulara libremente por sus pulmones, contenido inconscientemente en ellos desde hacía un rato.

—Gracias —dijo al fin.

Él la miró extrañado.

—¿Por qué?

—Por hacerlo fácil. No quería que te convirtieras solo en el doctor que da buenas noticias.

Tomás la miró de nuevo. Sabía de memoria el contorno de aquel rostro, sin embargo cada vez que se enfrentaba a sus ojos era todo un descubrimiento. Se preguntó hasta dónde sería capaz de llegar. Cuánto estaba dispuesto a dejar en el camino, y la respuesta que se formuló en su mente lo dejó atónito. Todo. Estaba dispuesto a todo porque aquello terminara de la única forma en que era posible.

—Quizá en el futuro no haya tan buenas noticias —dijo sin poder dejar de mirarla—, y también estaré ahí para ayudarte.

—Eso es exactamente lo que necesito en este momento.

Al fin él pudo apartar la mirada del embrujo de sus ojos. Hasta que de nuevo lo atraparan como una red en el mar y ya no hubiera salida.

—Lo sé —dijo Elena sin darse cuenta del estrago que acontecía dentro de Tomás—, y por eso yo estoy exactamente en ese punto.

Capítulo 13

Elena sacó la última fotografía del baño de fijado y la observó con detenimiento.

En aquel momento el resto del carrete ya revelado colgaba de la cuerda que usaba para que se secaran, atravesando el estudio. Se sentía a gusto envuelta en aquella penumbra roja, incluso le gustaba el olor ácido de los líquidos de revelado. Le dio un nuevo aclarado y al final la prendió con una pinza de madera.

Todas aquellas fotos eran de la sesión de hacía una semana. En todas había un único protagonista, Tomás, que parecía hecho para posar. Las había de cuerpo entero, de busto o primeros planos, como aquel que tenía en frente. El blanco y negro mostraba nuevos matices de él que le habían pasado desapercibidos. Con el contraste sus ojos se veían más claros y las ojeras más oscuras. Había algo anhelante en su mirada. Pensó en una palabra que lo definiera y a su cabeza acudió la sed. Así era. Tomás mostraba la imagen de un sediento, de alguien sometido a una gran privación que lo iba devorando por dentro. Por lo demás debía reconocer que era un hombre espectacular. Era la primera vez que podía mirarlo con detenimiento, sin miedo a que él pudiera descubrirla. Su nariz era más recta de lo que recordaba, también más imponente, marcando carácter a un rostro duro de por sí. Tocó la imagen con la punta de los dedos. Los labios. Tenían los bordes definidos, bordeados por la sombra de una espesa barba de un par de días. Aquella foto llegaba hasta el cuello, fornido y musculoso, con una glotis pronunciada que le aportaba un aire muy masculino. Sus cejas eran tupidas, arqueadas y una de ellas partida cerca de la sien. El cabello, tan corto que casi parecía rapado, se mostraba negro en aquella toma. Tenía las entradas del cabello pronunciadas. Miraba al frente pero no a la cámara. Había sido una de aquellas fotografías robadas en un descuido, mientras él pensaba que ella ajustaba el objetivo. Lo mostraban con la mirada perdida y las mandíbulas apretadas.

Elena decidió que aquella foto la guardaría en su nuevo álbum, el que había pensado ir reconstruyendo con aquello que fuera realmente importante.

Había sido una semana intensa. De esas que eran difíciles de olvidar.

A Tomás lo había visto dos veces más después de aquel encuentro que terminó con un almuerzo y una charla intrascendente. La primera, cuando él apareció de pronto bajo un paraguas a la entrada del bloque de edificios donde ella trabajaba. Elena acababa de llegar, dando una carrera desde el aparcamiento, mojándose los bajos del abrigo. Apenas le había dado tiempo a cerrar su maltrecho paraguas y abrir el bolso para buscar la tarjeta de identificación cuando él estaba a su lado.

—Cargado y con una nube de leche —le dijo tendiéndole un vaso de cartón.

Ella lo miró, envuelta en el aroma del café, y tuvo que reconocer que era exactamente lo que necesitaba. No recordaba haberle dicho a Tomás dónde trabajaba, pero de nuevo imaginó que su expediente médico decía muchas cosas que ella misma desconocía. Elena no supo qué decir, pero él aclaró que pasaba por allí y había pensado en subírselo. Sin más, se despidió cubierto por su paraguas y ella se descubrió siguiendo su silueta hasta que desapareció por la boca de metro.

La segunda vez también fue por casualidad. Había ido con Celeste a la inauguración de una exposición de pintura y cuando ellas entraban Tomás salía con una mujer colgada de su brazo. Elena reparó antes que nada en que era menuda, pero muy bonita. Morena, delgada y llena de gracia. Él no las vio hasta que estuvieron encima y durante aquel instante anónimo pudo comprobar que un vínculo profundo lo ataba a aquella mujer que se había detenido a hablar con un grupo de artistas, ajena a ellas. Elena sintió algo extraño, quizá celos, pero cuando no tuvieron más remedio que encontrarse ella ya sonreía y ahora era él quien parecía confuso.

—Si hubiera sabido que vendrías... —Tomás no terminó la frase.

—Ha surgido de pronto. ¿Ya os marcháis?

—Debo acompañarla a casa —señaló hacia la mujer, que seguía ajena a su presencia—. Y mañana entro temprano.

—Bien... —no supo qué decir. Iba a presentarle a Celeste, pero esta también había desaparecido—. Nos vemos la próxima vez.

—Por supuesto.

Un instante incómodo y, al fin, Elena entró en la galería sin volver la vista atrás. Cuando lo hizo vio cómo la mujer se colgaba de nuevo de su brazo y ambos salían al exterior. Al instante su amiga estaba a su lado con dos copas de champán.

—¿Estás bien? —le había preguntado Celeste.

—Muy bien —le había mentido, porque la visión de Tomás no dejaba de trastornarla.

Miró de nuevo la foto. Al día siguiente él la había llamado y sin que Elena se lo pidiera había dado como excusa que era una vieja amiga. Ella le quitó importancia e intentó aparentar que todo marchaba bien. Pero no era así. Ni podía quitárselo de la cabeza ni quería acercarse demasiado. Un camino que tenía todo el aspecto de ser doloroso.

Dejó que la foto se secara antes de guardarla en su álbum, y pensó en todo lo que le había deparado aquella semana.

A Alejo también lo había visto un par de veces. Había tomado clases dobles porque necesitaba ponerse al día rápido. En la primera le contó lo de su nuevo laboratorio de revelado y él se entusiasmó tanto que desempaquetó viejas cajas y le regaló papel y otros útiles abandonados hacía años en el trastero. La segunda clase también había sido a petición suya. Había pedido el día libre en el trabajo porque necesitaba consultar una lista de dudas. Él le pidió que fuera a su estudio y pasó con él toda la jornada.

Su relación con Alejo no dejaba de ser extraña. Tras aquel beso en la sierra ambos se habían comportado como si nunca hubiera existido, pero era evidente que había algo entre ellos. Elena debía reconocer que Alejo le gustaba a pesar de su juventud. ¿Se estaba convirtiendo en una pervertida o siempre lo había sido? Sonrió. Debería estar loca para que no fuera así. No solo era su físico, sino la sensación de libertad. Si Tomás era un mundo seguro, Alejo era lo imprevisible y en aquel momento de su vida respondía mejor a lo que necesitaba, no así a lo que sentía.

El colofón de la semana había sido su trabajo. Justo el día anterior había ido a hablar con Personal y se había despedido. Fueron amables, correctos, y creyó percibir cómo suspiraban de alivio cuando ella abandonaba la habitación.

Ya estaba hecho. Ahora tenía que decidir cómo organizaba su vida de aquí en adelante. Tenía algo de dinero en el banco, pero si no era cuidadosa no le duraría demasiado. Había decidido dedicarse a la fotografía a tiempo completo. Sabía que en el campo de las BBC había aún terreno. Cada vez había más bodas, y aunque los bautizos escaseaban, las comuniones se estaban convirtiendo en todo un acontecimiento. Se había informado. Pero quería que su futuro fuera más artístico. Había algo dentro de ella que la impulsaba a mirar el mundo de otra manera, a retratarlo como lo percibía, lleno de luz y de contraste. Al menos mientras se lo pudiera permitir.

Miró de nuevo la fotografía de Tomás y se dio cuenta de que necesitaba contárselo. No supo muy bien por qué, pero era algo que quería hacer. Encendió la lámpara del techo y retiró los velcros de la ventana, que inundó de claridad la estancia. Marcó el teléfono de Tomás mientras iba a la cocina a por algo de beber.

—Hola —se oyó su voz al otro lado. Estaba claro que había registrado su número de teléfono.
—¿Te cojo en mal momento?
—Eso nunca.
—Gracias, en verdad no sé por dónde empezar.
Hubo un instante de silencio. Elena pensó que daría cualquier cosa por saber qué estaba haciendo Tomás en aquel momento.
—Suéltalo y ya está —respondió él.
—Estoy en el paro.
La noticia debió impactarlo, porque de nuevo no se escuchó nada a través de la línea.
—Vaya… —dijo él al fin—, te puedo buscar trabajo en la consulta.
Sintió ternura ante aquella respuesta. Eso era lo que esperaba de un amigo, sin embargo no dejaba de pasar por su cabeza que su corazón pedía algo más. Algo difícil, quizá imposible.
—No es eso —contestó ella—. He sido yo quien se ha despedido.
—¿Y cómo te sientes?
—Muy, muy bien.
—Eso es lo importante. ¿Si te sugiero algo no me mandarás al infierno?
Ella sonrió.
—Hazlo y veamos cómo reacciono.
—Si necesitas dinero, tengo algunos ahorros. En serio, me encantaría ayudarte. Ya me lo devolverás más adelante.

De nuevo notó aquella sensación tierna, segura, que la vinculaba a él. Aquel tipo serio y sobrio se empezaba a convertir en algo demasiado próximo.

—Eso es hermoso por tu parte —le contestó.

—Lo digo en serio.

—Y yo te lo agradezco. Por ahora intentaré seguir adelante con mis recursos, no me vendrá mal aprender a atarme el cinturón en corto.

Los silencios con Tomás no eran algo incómodo. Ella había aprendido que él requería procesar la información antes de soltarla. No parecía un hombre que hablara por hablar. Desde que lo conoció se esforzaba por ser concreto y claro en sus exposiciones.

—Gracias por decírmelo —dijo él al cabo de un momento.

—Es lo que hacen los buenos amigos, ¿no?

—¿Tienes pensado hacer algo el domingo? —cambió de tema.

—¿Qué me propones?

—Ya se me ocurrirá algo.

Una nueva cita era un nuevo riesgo. Él sería solícito, distante y atractivo. Todo lo contrario a Alejo, que era un volcán imprevisible. La trataría con respeto, lo meditaría antes de decir cualquier cosa que pudiera ofenderla, y no haría nada que pudiera dañarla. Eso era lo que le embrujaba de él, aquella sensación de que conociera tan bien su espíritu. Aquella cautela, aquel cuidado. Además de su físico, estaba claro. Un hombre así era alguien a quien tener en cuenta, y solo permisible si se estaba total, absolutamente segura de su amor. Sin embargo Alejo... era alguien con quien disfrutar sin que la vida se convirtiera en algo complicado.

—Bien —dijo Elena al fin—, entonces tenemos una cita formal, como buenos amigos.

—Me hace feliz que me hayas llamado —dijo él antes de colgar—. Hasta pronto.

Elena dejó el teléfono sobre la mesa mientras pensaba que su vida cada vez tenía más luces y sombras.

Capítulo 14

Hoy se sentía con poca capacidad de concentración. Alejo le estaba explicando las posibilidades de trabajar con una profundidad de campo reducida, pero su cabeza estaba en otra parte.

—Toc, toc —dijo él golpeando sobre la mesa—, ¿hay alguien ahí?

Elena lo miró como si lo descubriera de pronto.

—Disculpa, creo que esta noche no dormí bien.

—Sexo —fue su escueta respuesta.

—¿Sexo?

Él se encogió de hombros.

—Practica sexo antes de dormir. Es mejor que cualquier pastilla que te puedas tomar.

Tuvo ganas de reír, pero sus labios solo dibujaron una sonrisa. No recordaba la última vez que lo había practicado. Como tantas cosas, se había difuminado convirtiéndose en algo incierto.

—Seguiré tu consejo —dijo volviendo de nuevo a coger su cámara, que era de lo que estaban tratando—, aunque no en este momento.

Alejo la miraba con ojos entornados. Había algo en ellos que podía causar alarma. Las últimas veces que se habían encontrado para sus clases, lo había sorprendido en ocasiones observándola con aquella mirada, mitad curiosidad, mitad... ¿deseo? No sabría identificarlo.

—Ven —dijo él al cabo de un momento, quitándole la cámara de las manos y dejándola de nuevo sobre la mesa—, quiero enseñarte algo.

Ella lo siguió llena de curiosidad y aprensión. Cuando Alejo presionó el botón que subía la persiana metálica, una bocanada de aire entró en el estudio. Llevaban tanto tiempo cerca del radiador que no se habían percatado del frío que hacía fuera. Al otro lado llovía a cántaros. No había escampado desde el amanecer y, según una *app* de su teléfono móvil, era lo que se esperaba para los próximos días.

Sin más explicaciones, Alejo salió al exterior y le indicó a ella que lo siguiera.

—Pero llueve a mares.

—¿Y qué importa?

Ella observó cómo el agua lo iba empapando. Primero como un sarpullido oscuro sobre la ropa, para después convertirla en algo correoso que se pegaba a su cuerpo. Corría por su rostro como un manantial, por sus manos como rayos de luz, volviéndolo uno solo con la tormenta.

Ella al fin se atrevió a dar un paso hacia el exterior. Se sumergió en la tormenta y tuvo conciencia de su estruendo. Un sonido bronco y poderoso que rugía desde el interior de la tierra para resonar en el cielo. Las primeras gotas que impactaron sobre su piel le parecieron heladas. Cerró los ojos y miró hacia arriba. A pesar de no ser muy tarde, era noche cerrada y la oscuridad lo difuminaba todo como una cortina espesa. Elena fue sintiendo cómo se empapaba, cómo su ropa adquiría un peso nuevo, una textura nueva, y cómo aquel frío antiguo empezaba a desaparecer. Cuando al fin abrió los ojos, Alejo la observaba, plantado allí en medio, tan mojado que apenas se distinguía su contorno del agua de lluvia.

—Vive como quieras —dijo él tras una sonrisa.
—Eso intento hacer.

Él no se movió de donde estaba, tampoco dejó de mirarla de aquella forma tan especial.

—No es cierto. Sigues haciendo lo adecuado. Has abandonado tu trabajo, pero sigues prisionera de tu responsabilidad. Rompe las ataduras. Sé libre. Haz como yo.

—¿Y cómo se hace eso?

Alejo ladeó la cabeza para verla mejor. Era un gesto muy suyo que Elena ya había catalogado en su percepción del joven maestro.

—Déjate llevar —respondió él.
—¿Sin saber a dónde?
—¿Pero de verdad crees que alguna vez sabemos a dónde vamos? Nos levantamos por la mañana y a pesar de que al poner un pie en el suelo estamos muy seguros de nuestra agenda, las cosas nunca pasan como imaginamos.
—Es complicado.
Él ahora suspiró. Fue una respiración profunda, como si necesitara tomar fuerzas. Ahora sí avanzó un par de pasos hasta situarse más cerca de ella. A su alrededor la tormenta seguía arreciando, difuminándolo todo en una cortina de agua espesa y fría que a ellos dos ya les era indiferente.
—Vamos a dejarnos de tonterías —dijo Alejo mirándola de una manera nueva, más atenta, más analítica.
—No te entiendo.
—Vives sola.
—Sí.
—Hace tiempo que no besas a ningún hombre que no sea yo.
Ella sonrió, a pesar de que aquella conversación empezaba a ser incómoda.
—Me temo que sí.
—Te lo pasas bien cuando estás conmigo.
—Aprendo y descubro cosas nuevas.
—Y tú me gustas.
—Tú también me gustas.

Él ladeó de nuevo la cabeza y entonces Elena se temió lo peor.

—Yo no quería decir que me gustaras como unos pantalones nuevos o como la abuela simpática de un viejo amigo —se quejó Alejo—. Me gustas de verdad.

No le sorprendió aquella declaración. No solo había sido aquel beso, sino muchas miradas. Ella había intentado pasarlas por alto, porque su cabeza seguía ocupada por Tomás, por un hombre al que era complicado acercarse sin sufrir daños. Sin embargo, Alejo...

—No sé qué decir —contestó Elena sin encontrar una respuesta.

—Entonces no digas nada, solo escúchame —se movió inquieto sobre el asfalto mojado hasta mirarla de nuevo de frente—. Soy un desastre. Llevo toda mi vida huyendo de las mujeres, y eso significa amaneciendo cada mañana con una distinta. Y cuando alguna de ellas es lo suficientemente amable como para empezar a gustarme, yo me quito de en medio a la velocidad del rayo. Soy un experto en evasión, siempre lo he sido con las chicas que me gustan. Hasta que te conocí.

Elena notó cómo su corazón empezaba a latir con fuerza. Esa mañana solo pretendía recibir una clase más, resolver nuevas dudas, y ahora estaba recibiendo una declaración de amor.

—Hace poco más de un mes que nos conocemos —dijo ella a modo de justificación.

—Pero tu vida ha girado en este tiempo, se ha retorcido como un calcetín vuelto del revés. Y eso mismo has provocado en la mía —al verla apurada intentó darle un toque de humor—. Cuando intentaste asesinarme...

—Fue un accidente y lo sabes —Elena al fin esbozó una sonrisa.

—Te veía demasiado seria y necesitaba romper la tensión —una vez aclarado volvió a su gravedad. Era necesario que ella lo entendiera en toda su dimensión—. Aquella primera vez vi algo en ti que no me había encontrado antes.

—Una mujer desastrosa.

—Conmigo no te van a servir tus excusas. Eres preciosa, llena de fuerza, llena de vida, y cuando te miro solo puedo imaginarnos a ti y a mí juntos, atravesando un valle de luz dados de la mano.

Ella suspiró. Ya no sentía el frío de la noche ni el peso del agua empapando su ropa. Solo intentaba encajar aquello como algo posible, o imposible, pero al fin y al cabo darle un lugar en su mente confusa.

—Pero nos conocemos hace apenas un mes —volvió a repetir como si aquello fuera un argumento de peso.

—¿Y qué más da? Tampoco la diferencia de edad. Eso son pamplinas. Tú me enseñarás cosas y yo sabré mantenerte al día. Jamás he estado cerca de una mujer bonita tanto tiempo sin meterla en mi cama. Eso debe ser una señal.

Elena volvió a sonreír. La forma que tenía Alejo de medir la realidad era, cuando menos, curiosa.

—A veces pienso que estás excesivamente seguro de ti mismo —le dijo para intentar aligerar la tensión.

Él dio un paso más. No iba a besarla. Esa mañana cuando la vio llegar con la mirada perdida tuvo claro que hoy sería el día. No sabía cómo hacerlo y tampoco cuándo, pero sí que debía decirle todo aquello antes de que se marchara. Se jactaba de conocer a las mujeres y estaba seguro de que lo que enturbiaba la mirada de aquella preciosa hembra era otro hombre. No podía decir por qué lo sabía. No la había visto con él. Ella no le había hablado de eso, pero estaba seguro. Hoy o nunca. Verla perdida, con la mirada atorada en un lugar vacío era señal de que se planteaba qué hacer con ese amigo anónimo, y él debía estar en igualdad de condiciones.

—Ahora en serio —dijo Alejo tan cerca que ella no podría dejar de oír ninguna de sus palabras—. No quiero una respuesta en este momento. No tenemos que ser más que buenos amigos por el momento, e ir conociéndonos. Tú necesitas economizar, a mí me sobra espacio. Tú amas la fotografía y yo vivo en un estudio.

—¿Me estás pidiendo que me mude a vivir contigo? —dijo incrédula.

—¿Por qué no? No es una locura. Si lo piensas bien es incluso sensato.

Aquello iba demasiado rápido.

—No sé si estoy preparada para eso. Vivir con alguien a quien no conozco y más sabiendo que hay algo entre tú y yo.

—Será un experimento. Nunca se sabe dónde se puede encontrar el amor.

Amor. Era una palabra enmarañada. Había leído tanto últimamente sobre él que creía poder reconocerlo cuando llegara a su vida. ¿Era amor lo que sentía por Tomás? ¿Por Alejo? Alejo le gustaba, pero a quién no. Era un hombre guapo, atractivo, sincero, directo, lleno de luz. Pero… ¿podría dar un paso más allá con él? ¿Y qué sería de Tomás? ¿Sería aquella una buena medicina para olvidarlo? Todo era demasiado confuso. Complicado. Y a su alrededor la tormenta arreciaba.

—No sé qué decir —fue su respuesta.

—No digas nada. Solo entra, date una ducha caliente, ponte mi ropa y vuelve a tu casa. Otro día seguiremos hablando.

Ella asintió. De nuevo empezó a sentir el frío de la noche y la humedad incómoda del agua. Alejo acompañó sus palabras entrando en el estudio. Dejó tras de sí un reguero de agua. Ella lo vio alejarse sin poder moverse.

—¿Y si no vuelvo? —dijo Elena, segura de que él ya no la oiría.

Pero él se volvió y la miró de nuevo a los ojos.

—No habrá sido posible —dijo antes de perderse en la oscuridad de la nave en sombras—, pero habrá merecido la pena arriesgarse.

Capítulo 15

Alejo dio por terminada la sesión, el equipo aplaudió y, como si lo hubieran estado esperando desde hacía tiempo, cada uno comenzó a recoger sus cosas.

Había sido una jornada de trabajo dura, que empezaba antes del amanecer y acababa en ese momento, cuando la noche se había cerrado hacía ya un rato. Este cliente era exigente y un catálogo de moda requería de mucho esfuerzo. Había tenido que fotografiar a diez modelos y cada una de ellas había soportado siete cambios de ropa, lo que implicaba ajustes de peluquería, maquillaje, nuevos fondos y nuevas luces para cada uno de los vestidos. Un ajetreo enorme y sobre todo tiempo, mucho tiempo y dedicación. Pero estaba contento con el resultado y cuando lo pasara por postproducción sabía que entregaría un buen trabajo.

Las chicas se habían portado bien y ninguna se había quejado. Sabía que parte del éxito de su trabajo era su capacidad para tratar con las modelos. No era fácil. La mayoría eran buenas profesionales pero siempre le tocaba alguna con gustos especiales, caprichos especiales y un humor especial. Alejo sabía que el éxito de una fotografía de moda estaba en la relación entre la modelo y el fotógrafo. Si esta fluía la fotografía lo plasmaba. Si por el contrario se atascaba, los planos se volvían pesados y falsos. Así que con cada una de ellas creaba un vínculo especial. Ellas eran profesionales y sabían posar, pero su trabajo consistía en hacer que se sintieran cómodas, y para eso él era un experto en seducirlas.

Su ayudante había empezado a recoger el equipo. Solía llevarlo en trabajos como aquel, que requerían una jornada larga de dedicación y mucha concentración. Había pensado en llamar a Elena para ese cometido, pero decidió que era mejor darle tiempo y no atosigarla. Aquel chico había trabajado con él en otras ocasiones y no era necesario darle instrucciones cada dos por tres. Ya había guardado casi todo el equipo: fondos luces, difusores, pantallas. Todo menos la cámara, que solo la tocaba él mismo.

—Quería darte las gracias. Me he sentido muy cómoda.

Alejo se giró en busca de la voz. Pensaba que ya solo quedaban él y su ayudante. Peluqueros y maquilladores habían sido los primeros en marcharse, seguidos de la diseñadora. Las modelos habían revoloteado un rato mientras se cambiaban, pero juraría que también se habían largado todas.

Hacia él se dirigía una de ellas. La recordaba bien. Había sido una de las más complicadas. Al principio se había empeñado en no seguir sus órdenes pero poco a poco se fue doblegando. Sería absurdo decir que no se había fijado en sus miradas. No iban dirigidas a la cámara, sino a él. Pero ese era su trabajo, que cuando el espectador viera el catálogo pensara que aquella preciosa chica quería decirle algo solo a él. Porque era preciosa. Una belleza morena y racial de estrechas caderas y piernas de vértigo.

Alejo miró a su alrededor. Aquel tipo de sesiones siempre las llevaba a cabo en su estudio. Tenía a mano todo lo necesario y a menos que le exigieran exteriores podía convertir el fondo en aquello que necesitara. Ahora estaba solitario y envuelto en penumbra tras haber apagado los focos.

—No hay de qué —contestó él al fin, un tanto contrariado—. Has hecho un buen trabajo.

La chica sonrió y pasó por su lado mirando a su alrededor, llena de curiosidad.

—¿Todo esto es tuyo?

—Supongo que lo será alguna vez. Por ahora solo es un alquiler barato.

Su ayudante ya lo había recogido todo y colocado de forma ordenada. Se despidió de Alejo y quedaron en verse para la próxima. Por supuesto, el chico, antes de marcharse, le hizo un gesto con la mano que significaba muchas cosas. Lo conocía bien y sabía que su jefe pocas veces se acostaba sin mojar. A Alejo le molestó aquel gesto y se preguntó por qué. Pero el muchacho ya había desaparecido por la puerta metálica que seguía levantada.

—Creo que ya se han ido todas tus compañeras —dijo él cuando se quedaron a solas.

Aquella situación no le gustaba en absoluto. Sabía lo que ella pretendía y no estaba muy seguro de si él podría resistirse. Se había jurado a sí mismo que ya estaba bien de ir de cama en cama, de chica en chica. Que era hora de concentrarse en una sola, y en hacerlo y sentirse feliz.

La modelo escuchó su comentario encogiéndose de hombros.

—He venido en coche con mi novio. Pero nos hemos peleado al llegar aquí y le he prohibido que venga a recogerme.

Alejo sabía lo que tenía que hacer. Solo necesitaba ser firme, llamar a un taxi y darle un billete para que al día siguiente no dijera que era un desgraciado.

—¿Y cómo vas a volver a la ciudad? —fue lo que salió de sus labios, algo muy diferente de lo que pensaba.

Ella seguía sin mirarlo. Con las manos a la espalda, recorriendo con la vista cada centímetro de su estudio. Cuando descubrió la cama, en la plataforma que se alzaba en medio del espacio, sonrió.

—Quizá deba esperar a que amanezca. Me asusta la oscuridad y no me fío de los taxistas.

Él sonrió, pero de forma incómoda.

—Oye, no creas que soy un mal tipo, pero estoy realmente cansado, y mañana debo levantarme temprano.

Ella ahora sí lo miró muy fijamente y Alejo sintió cómo le escocía entre las piernas. En aquel momento cayó en la cuenta de que llevaba un mes sin estar con una mujer. Un tiempo récord para un hombre como él. «Celibato» podría llamarlo, si lo comparaba con su trayectoria sexual vital.

Ella se humedeció los labios y sin decir nada se encaminó hacia la salida. Él suspiró. Pensaba que iba a ser más difícil deshacerse de aquel bombón. Sin embargo, cuando la modelo llegó a la altura de la persiana metálica, se volvió de nuevo para mirarlo de forma pícara.

Y en vez de marcharse pulsó el botón, y la persiana empezó a bajar, muy lentamente.

Capítulo 16

A Elena no le sonaba aquella dirección y cuando Tomás se la confirmó, le había extrañado que fuera tan preciso. Del número 36 de la calle Eugenia Dorado solo sabía que era un punto en una de las arterias más concurridas del centro, cerca del ayuntamiento.

Tomás la había llamado por la mañana para recordarle que habían quedado ese día y ella entonces se dio cuenta de que había organizado la jornada sin reparar en aquello. Quizá su mente empezaba a relegarlo, a olvidarlo como a la fruta prohibida. Encontró un hueco de un par de horas entre su cita con el dentista y su encuentro con Celeste, y a él le pareció perfecto. Por supuesto su coche no arrancó. Cuando se tenía prisa los desastres solían sucederse. Entre coger el metro eh hora punta y llegar al lugar de la cita, se retrasó cerca de veinte minutos.

—Lo siento. Lo siento de verdad.

Por suerte no llovía. Tomás la esperaba de pie, junto al escaparate. Sucedió de nuevo. Elena tuvo aquella sensación extraña, como un escalofrío en la nuca, que le sucedía cada vez que se encontraban.

—No te apures. Estar parado delante de un escaparate en una calle comercial es entretenido.

Hacía frío pero él no iba abrigado. Camisa, chaqueta y bufanda. Se descubrió pensando que la próxima vez que se vieran le regalaría un gorro de lana. Llevaba el cabello muy corto y tenía coloradas las puntas de las orejas. Solo entonces Elena reparó en dónde estaban. Era una librería de viejo. Una antigua librería con fachada de madera y cientos de libros apilados al otro lado.

—¿Aquí es donde venimos?

—Estos sitios están llenos de misterio.

Una campanilla sonó cuando Tomás abrió la puerta. Pasar al interior tenía algo de místico. Era como entrar en un santuario secreto, rodeado de silencio. Olía al particular aroma de los libros antiguos, una mezcla de papel, polvo y años. Pasaron con cuidado, como si pudieran romper algo. Las paredes estaban recubiertas de estanterías que a su vez se mostraban repletas de volúmenes con las pastas ajadas. Había mesas por todas partes con los ejemplares destacados. Elena tocó la cubierta de uno de ellos. Era una edición antigua de *Orgullo y prejuicio*. Leyó, escrito a lápiz, su precio en la primera página de cortesía. Una mujer madura y amable se acercó hasta ellos. Apareció de pronto, como un fantasma, y se ofreció a ayudarles. Elena vio que los trataba con cierta camaradería, como si los conociera de antes. Eso le dio a entender que aquel debía ser uno de los lugares asiduos de Tomás. Sonrió sin darse cuenta. Aquello le pegaba. Aquel aire añejo, sagrado, lleno de misterio, tenía mucho que ver con su enigmática sonrisa.

La dependienta los dejó a solas, indicándoles que estaría en el mostrador si la necesitaban.

Tomás avanzó hasta el fondo, donde una de las estanterías daba paso a una nueva sala. Era más angosta y se iluminaba por una claraboya en el techo que dejaba pasar difuminados los tenues rayos del sol otoñal. Allí estaban los libros más especializados. La literatura dejaba hueco a la arquitectura, el arte, la música...

—Quería que vieras esto —dijo Tomás.

Y la fotografía.

Elena tardó en comprender lo que tenía delante. Eran seis estanterías completas donde, perfectamente ordenados, se alineaban la mayor cantidad de libros sobre fotografía que había visto en su vida. Los había de todos los tamaños posibles. Desde pequeños tomos que mostraban viejas postales de ciudades europeas, hasta enormes volúmenes con las obras de los artistas más famosos.

Había un apartado de técnicas, otro de revelados, una más de catálogos expositivos. El que a ella le llamó la atención fue el de artistas. Era de los más amplios y estaba ordenado alfabéticamente. Elena fue pasando el dedo por cada lomo, leyendo a la vez el nombre que allí figuraba. De vez en cuando se paraba, sacaba el libro y echaba una ojeada. Si le gustaba lo colocaba sobre la mesa que había cerca, si no, continuaba con su prospección. Seleccionó a Cartier-Bresson, a Leibovitz, a Avedon, y a Dorothea Lange. Esta última fue la que más le impactó. Reconoció un par de retratos, pero sobre todo le emocionó la capacidad para captar el alma humana. Estaba suspendida en el espíritu de aquellas imágenes.

—Hasta que no he visto estas fotografías no he comprendido que buscaba algo —dijo con apenas un hilo de voz.

—¿Y qué buscas?

Tomás estaba a su lado, de pie, atento a cualquier reacción. Ella lo miró y descubrió de nuevo cuánto le gustaba.

—Me acabo de dar cuenta de que quiero retratar la verdad, lo que ocultamos porque creemos que nos desmerece. El momento en que estamos solos, sin tener que aparentar que somos otros, o que somos felices.

Él no sonrió. Estaba arrobado con la expresión que cabalgaba en el rostro de Elena.

—Me alegro que esta visita te haya servido —respondió—. Quiero regalártelos todos.

Ella se incorporó.

—De ninguna manera...

—Insisto.

Había seis enormes libros apilados sobre la mesa. Aunque su precio fuera más económico por tratarse de obras de segunda mano, suponían un buen pico. Tomás ya le había regalado una fotografía, se había ofrecido a prestarle dinero, y, si no recordaba mal, cada vez que se habían encontrado no le había permitido pagar. Empezaba a sentirse mal con aquello, sin embargo sabía que podía ofenderlo si era demasiado tajante.

—Solo dos —dijo al fin—. No admitiré otra cosa.

Él arrugó la frente de aquella forma viril que tanto le gustaba. Al final estuvo de acuerdo, pero con condiciones.

—Entonces los elegiré yo.

Por supuesto Tomás seleccionó el de Lange, pero dudó cuál sería el otro. Al final se decidió por Annie Leibovitz. Colocó ambos libros a un lado, y la miró satisfecho.

—Mujeres fotógrafas. Creo que pegan contigo.

Ella acarició de nuevo aquellas cubiertas. No había ni rastro de polvo. Parecían recién sacados de la imprenta.

—Si alguna vez llegara a ser solo una décima parte de buena que ellas... con eso me conformaría.

—Ya lo eres, y mucho más que eso.

—Lo dices con mucha convicción para no haber visto nada mío.

Él la observaba con detenimiento. Parecía que intentaba retener en su mente cada gesto, cada reacción. A Elena le gustaba, pero también le inquietaba. Con Tomás empezaba a darse cuenta de que todo tenía aquella dualidad, una mezcla de deseo y temor.

—Sé que alguien como tú por fuerza tiene que retratar el mundo de forma hermosa —respondió él sin dejar de mirarla.

Elena volvió a echar otra ojeada a su alrededor. Aquel sitio tenía magia. Apuntó mentalmente su deseo de volver y se descubrió que lo mismo había hecho con aquel club de jazz, y con todos los lugares donde se había visto con Tomás.

—¿Qué habías pensado que hiciéramos hoy? —le preguntó de improviso a su acompañante.

Él se encogió de hombros y esbozó una expresión que hizo que un par de hoyuelos se dibujaran en el rostro, junto a la boca.

—Solo tenías libres un par de horas, así que pensé en traerte aquí y después tomarnos un café —una vez dicho le pareció un plan horrendo—. ¿Demasiado aburrido? Reconozco que a estas alturas de mi vida no sé muy bien cómo comportarme con una mujer.

Ella no escuchó esto último, su mente iba a toda marcha. Miró su reloj. Quizá…

—Aún nos quedan cuarenta y cinco minutos —dijo sin mirarlo—. Nos dará tiempo.

Tomó los libros bajo el brazo y a Tomás de la mano. Él sonrió pero no preguntó nada. Al parecer iba a ser una sorpresa, y pocas cosas le gustaban más. En el mostrador él pagó los dos volúmenes y la librera los despidió con una sonrisa cómplice. Había empezado a llover y ninguno de los dos tenía paraguas. Era algo ligero por lo que Elena decidió darse prisa antes de que arreciara. Su idea inicial de coger el metro perdía puntos por momentos. No les daría tiempo. Un taxi se aproximaba y ella lanzó un silbido atronador a la vez que alzaba la mano.

—Ni yo lo hubiera hecho mejor —dijo él de verdad sorprendido cuando el conductor se detuvo junto a ellos con un frenazo.

—Ignoraba que tenía este don —contestó Elena divertida.

Dio la dirección y él comprendió a dónde iban. Le entró un pequeño nudo en el estómago y sintió cómo se le secaba la garganta. Apenas hablaron durante el trayecto. Tomás pensaba en cómo reaccionaría cuando estuvieran a solas y ella no se sacaba de la cabeza las imágenes que contenían aquellos dos tomos que llevaba en el regazo.

El taxista los dejó a las puertas de su casa cuando la lluvia ya era un aguacero. El portal estaba abierto, por lo que apenas se mojaron. Entraron en el ascensor a trompicones. Ella lo miró un instante y vio una mirada turbadora, llena de significado. También de deseo. Por un momento se preguntó si estaba haciendo lo correcto. Cuando Alejo la besó pudo apartarlo. ¿Podría hacer lo mismo con Tomás? Supuso que no, y entonces estaría en las redes de un hombre que seguía enamorado de la mujer que lo había abandonado. Exactamente, como tantas veces se había repetido, lo último que necesitaba.

Llegaron a su casa unos segundos más tarde. Ella abrió y lo invitó a pasar. Dejaron chaqueta y abrigo sobre una silla. Fuera ya era de noche y no se veía nada. Elena encendió un par de lamparitas, y una de pared que iluminaba una fotografía. Cuando lo hizo se apartó, y le indicó con un gesto que aquello era lo que quería enseñarle.

Tomás observó la obra. Treinta por cuarenta y cinco en blanco y negro y papel satinado. Representaba una calle en hora punta que no reconoció. Había un ajetreo enorme. Tráfico que circulaba en todas direcciones y muchos peatones que marchaban apresurados. Elena había conseguido detener el momento. Tanto los coches como las personas estaban borrosos, con perfiles desdibujados, en movimiento. Solo permanecían intactos los objetos inanimados, como edificios, quioscos o papeleras, y una mujer que esperaba pacientemente a que el semáforo se pusiera en verde. Entre aquella vorágine distorsionada, la vista se dirigía a aquella mujer solitaria, que tenía la cabeza gacha y la mirada perdida. Tomás sintió cómo comunicaba con ella, cómo Elena había sabido captar la soledad en medio del bullicio. Captó muchas más cosas, pero decidió apartarlas de su cabeza porque aún le provocaban un profundo dolor.

—Es… es sorprendente —articuló con dificultad, preso de la emoción que le transmitía aquella imagen.

—¿Te gusta? —ella hizo una pregunta evidente. Sabía que lo iba a encontrar aceptable, pero nunca que lo iba a trastornar de aquella manera.

—No solo me gusta —dijo mirándola al fin, con ojos enfebrecidos—. La quiero.

Ella rio torpemente por aquel comentario. Era lo último que esperaba.

—No sé si está en venta.

—Podrás hacerme una copia. Pagaré por ella lo que me pidas.

Ni siquiera lo había pensado, y ahora se daba cuenta de que mal empezaba con su nueva faceta artística si no vendía su obra.

—Te vas a convertir en mi primer cliente —dijo sonriente y feliz.

—Razón de más para quedármela.

Elena tenía ganas de saltar a sus brazos y darle un beso, pero se reprimió. Hubo un momento en el que cada uno estaba inmerso en sus propios pensamientos. Ella, en que necesitaba que Tomás fuera su amigo. Él, en que debía ir despacio con Elena, si no todo podía desmoronarse.

—¿Tienes las fotos que me hiciste? —preguntó él al cabo de un momento.

A Elena le encantaban y había hecho una selección, trabajando las sombras en la ampliadora.

—¿Quieres verlas?

—Me encantaría.

Salió un instante camino del estudio y cuando volvió las extendió una a una sobre la mesa. Eran seis. Había un poco de todo, desde primeros planos a otros más generales. Había conseguido milagros con la luz, muy contrastada, tanto que era difícil reconocer aquel solitario garaje. Toda la atención estaba en el personaje y en su psicología.

—Creo que has retratado una parte de mí que no conozco —dijo él, embelesado con su trabajo.

—Así es como te veo.

Tomó una de ellas. Era de medio cuerpo. Un plano apelativo donde él miraba directamente al objetivo. Todas las mañanas se miraba al espejo, pero ahora se daba cuenta de que no veía a aquel hombre, sino a uno distinto.

—Parezco demasiado serio —dijo reconociendo sus rasgos—, demasiado aturdido. ¿Soy así de verdad?

Ella dudó en contestar. Era una pregunta que se había hecho muchas veces desde que se conocieron. ¿Cómo era Tomás en verdad? ¿Qué se ocultaba tras su rostro ceñudo y su mirada fría?

—Al menos es eso lo que me trasmites.

Él dejó la foto sobre la mesa y se volvió hacia ella. Estaban muy cerca el uno del otro. Tanto que sentía el aliento cálido de Elena sobre sus labios. Las ganas de besarla, de estrecharla contra su cuerpo eran enormes. Era una necesidad antigua, algo como la vida, como si su ausencia hiciera que esta escapara y lo dejara aturdido. ¿Cómo reaccionaría si la atraía hacia su cuerpo, si le enseñaba el estado en que se encontraba solo por tenerla cerca? ¿Qué haría si la besaba? ¿Lo abofetearía? ¿Se le entregaría? ¿Lo dejaría ir un paso más allá, hasta el sofá, hasta el dormitorio? ¿Y si no? Esto último lo convenció de que lo mejor era marcharse. No iba a arriesgarlo todo a una carta prematura después de tanto sufrimiento.

—Gracias por enseñarme todo esto —fue lo que dijo—. Gracias por dejarme estar a tu lado.

En aquel momento llamaron a la puerta. Ninguno de los dos reaccionó. Él porque era incapaz, y ella porque no deseaba que aquello terminara. Celeste fue insistente y aporreó la puerta tras llamar de nuevo.

—Es mi vecina —se excusó Elena—. Habíamos quedado para ver una película y comer palomitas.

Él sonrió y se apartó unos pasos, conteniéndose al fin.

—Debo irme —dijo mientras se ponía su chaqueta y se ajustaba la bufanda—. Tienes planes y no quiero estropeártelos.

La idea de que se fuera le pareció a Elena atroz, pero a la vez sintió alivio de que toda aquella tensión erótica se diluyera. Había estado a punto de lanzarse a sus labios.

—Puedes quedarte si te apetece... —dijo cuando él estaba cerca de la puerta—, solo vamos a ver una vieja película.

Él esbozó una sonrisa, pero solo con sus labios. Sus ojos seguían fríos, duros, como al principio.

—Mejor me marcho —volvió a repetir—. Nos veremos pronto. Si te apetece.

Ella cruzó los brazos sobre el pecho. No supo si era un gesto de protección o simplemente que le había entrado frío en cuanto él se había apartado.

—Te llevaré tu foto a la consulta —dijo sin saber muy bien qué hacía—. Ya se me ocurrirá qué más.

Tomás volvió a sonreír y abrió la puerta. Celeste lo miró de arriba abajo cuando lo vio salir. Parecía sorprendida y le dedicó un saludo frío aunque cortés. Nada más. Mientras Tomás bajaba las escaleras, Elena se le quedó mirando, porque cuando él estaba cerca solo sentía una gran confusión.

Capítulo 17

Llegaba antes de tiempo, cosa rara en ella, así que Elena prefirió esperar dentro del coche hasta que el reloj marcara las nueve en punto. Sabía que entre las virtudes de Alejo no estaba la de madrugar. De nuevo había amanecido el día lluvioso y todo pronosticaba que no mejoraría. Se acomodó en el asiento. Estaba estacionada justo enfrente del estudio, en su sitio habitual, por lo que tenía una visión perfecta de la nave. Puso la radio, girando el dial hasta que los acordes de jazz inundaron la cabina. Se quitó el cinturón de seguridad y se relajó, apoyando todo su cuerpo sobre la forma anatómica del sillón.

Llevaba una semana sin ver a su profesor. A Alejo.

Desde la última conversación sabía que en el momento en que apareciera por allí debía dar una respuesta, aunque fuera solo una promesa lejana. O un no rotundo. Había decidido intentarlo. Simplemente intentarlo. Nada de amor ni de sexo, pero al menos sí encontrar un amigo más cercano con quien poder hablar de aquellas cosas que eran ajenas a Celeste, como su amor por la fotografía. Ese sería el comienzo. Más adelante pensaría si sería adecuado mudarse a vivir allí, al estudio. Tanto económicamente como a nivel profesional era una ventaja indudable. Por último, según avanzaran las cosas, quizá se planteara algo más. Alejo era un buen tipo. Atractivo, guapo, simpático, y lleno de promesas, justo lo que necesitaba para reconducir su maltrecha vida… aunque demasiado joven. ¿Veinticinco? ¿Veintiséis? En cualquier caso seis o siete menos que ella.

Y estaba Tomás.

Su doctor era un misterio. Ella era un misterio. Había algo que le atraía poderosamente hacia él, pero también razones para andarse con cuidado. Su psicóloga le había dicho al principio que se alejara de cualquier persona que pudiera hacerle daño, y Tomás tenía esa palabra tatuada en la frente.

Suspiró para alejar aquellas ideas confusas de su mente. Miró de nuevo al exterior. A través de la cortina de agua comprobó que la persiana seguía cerrada. Apenas quedaban unos minutos para las nueve, pero no sería tan impertinente como para despertarlo. Esperaría a que él la abriera, como hacía cada mañana, y solo entonces se presentaría para dar su clase del día. También sus explicaciones.

La noche anterior, Celeste se había marchado pronto. Habían visto *Eva al desnudo*, con un duelo de intérpretes femeninas de lujo, y habían despachado sendos paquetes de palomitas. Su amiga había estado taciturna durante toda la velada. Ella le preguntó un par de veces si le ocurría algo, pero Celeste le quitó importancia e hizo por disimularlo, aunque sin éxito. Le había extrañado que no le preguntara por Tomás. Se habían cruzado en la puerta, casi habían chocado el uno con la otra... y ella no le preguntaba si aquel era su doctor. No quiso insistir, quizá Celeste era más discreta de lo que imaginaba. Otras noches, tras la película, preparaba algo ligero de cenar y pasaban charlando hasta la madrugada. Pero esta vez no. Su amiga adujo jaqueca y en los créditos se marchó a casa.

El ruido atronador de la persiana metálica abriéndose la sacó de sus pensamientos. Al fin Alejo se había despertado. Al fin podría hablar con él, sin dramatismos, y empezar sus clases, porque hoy tenía un poco de prisa y quería terminar cuanto antes. Abrió el paraguas y salió del coche antes de que la persiana se desplegara del todo. En unas pocas zancadas estaba ante la puerta, esperando para poder entrar. De pronto se dio cuenta de que quien esperaba al otro lado no era su profesor.

Piernas largas enfundadas en medias negras, una falda estrecha, un ajustado jersey de punto. La persiana siguió ascendiendo y al fin pudo verle el rostro. Llevaba gafas de sol pese a la falta de luz, pero era sin duda una mujer preciosa, delgada, alta y preciosa. Cuando la entrada estuvo libre la desconocida salió sin más, sin mirarla siquiera. No llevaba paraguas. Anduvo un par de pasos y se metió en el taxi que estaba estacionado junto a la puerta. Elena ni siquiera lo había visto, pero debía estar ahí antes de que ella llegara porque no se había cruzado con ningún otro vehículo.

Sin darse cuenta se había quedado allí parada, en medio de la calle, bajo la lluvia. Observando cómo una mujer bonita y cansada abandonaba a primera hora de la mañana el estudio de Alejo.

Solo entonces miró hacia el interior, y allí estaba él. Lo encontró parado al otro lado de la entrada, mirándola muy serio. Brazos caídos a lo largo del cuerpo y ojos confusos. Iba descalzo y solo llevaba puestos los pantalones del pijama.

Por algún motivo ella sintió una punzada de dolor. Era como un vacío en la boca del estómago que subía por la garganta y le atenazaba la lengua. Por aquel mismo extraño motivo tuvo ganas de volver sobre sus pasos, entrar en su coche y marcharse de allí. Sin embargo era una idea absurda, así que simplemente se armó de valor y cruzó la puerta del estudio.

—Buenos días —dijo con una sonrisa forzada, dirigiéndose hasta la zona que Alejo tenía preparada como plató.

Él fue tras ella pero no hizo por tocarla.

—No es lo que piensas.

—No pienso nada.

Elena dejó su equipo sobre la silla y sacó la cámara. Hizo como que la estudiaba, porque hasta ese momento no le había dedicado ni una sola mirada a su profesor.

—Se hizo tarde —prosiguió él a pesar de que Elena no le había pedido explicaciones—, y no tenía forma de volver a casa.

Ahora ella sí que lo miró, con una ceja ligeramente levantada, girando la cabeza pero no el cuerpo, lo que le daba una actitud arrogante.

—No tienes que excusarte, pero ya que insistes —intentó que sus palabras no traslucieran su malestar, pero no fue así—, he de informarte de que hay taxis las veinticuatro horas del día.

Alejo comprendió que la argumentación que había esgrimido era absurda. Intentó hacerlo mejor.

—Le daba miedo tomar uno ella sola, y de noche.

—Vaya, menos mal que estabas tú para ayudarla —respondió Elena con una sonrisa de disgusto.

Alejo se desplomó en la otra silla. Había estado pidiéndole a aquella chica que se marchara desde antes de amanecer, pero ella solo quería más, un poco más. Si al menos hubiera sabido que hoy vendría Elena hubiera sido más enérgico.

Ella seguía en su misma actitud distante, como si él no estuviera presente. Intentaba ajustar el objetivo, pero sus manos parecía que estaban engarrotadas y no conseguía atinar con el cierre.

—No me crees —dijo él un tiempo después.

Elena, exasperada, dejó la cámara y el objetivo sobre la mesa.

—No me importa lo que hagas con tu vida —y era verdad—, simplemente me sorprende.

—Esa chica debía haberse marchado hace rato.

—¿Para que yo no me la encontrara?

—No tergiverses mis palabras.

Elena suspiró. Lo último que le apetecía era aquella discusión. ¿Por qué diablos había entrado? ¿Qué esperaba sino excusas? Excusas que no le correspondía aceptar ya que entre los dos no había más que la sombra de un *posible*, un beso ya lejano y buenas intenciones.

—Esta conversación empieza a tener un tono desagradable —dijo ella guardando de nuevo su equipo en la bolsa—. Será mejor que me vaya.

—No, por favor.

Esta vez él la detuvo cuando ya se encaminaba a la salida. La había tomado por el brazo, con suma delicadeza. Ella lo miró a los ojos. Había leído en algún sitio que nunca mienten. Los de su maestro eran transparentes, preocupados… y culpables.

—Alejo —intentó retomar aquello de una forma que simplemente fuera pasable—, hace unos días me planteabas la posibilidad de...

—No te lo tomaste en serio.

Aquella frase volvió a exasperarla.

—¿Cómo iba a tomármelo en serio? Nos conocemos hace solo unas pocas semanas.

—¿Y qué más da? El tiempo no marca cómo sentimos. Un mes, un año, toda una vida. Son solo unidades de medida. No puedes decidir si algo merece la pena porque sea inesperado.

Aquella conversación le estaba pareciendo a Elena un camino angosto, lleno de baches. Notaba cómo Alejo manejaba de forma experta los argumentos hasta evitar el tema central por el que la estaban manteniendo. Se giró hacia él. La mano de Alejo se soltó y ella se alejó un paso.

—La cuestión es que acabo de ver salir a una mujer de tu estudio. Una mujer que ha pasado la noche contigo. Tengo dos opciones, o me calmo porque tú y yo solo somos amigos, o me planteo qué diablos hago aquí y qué diablos hay entre nosotros.

—Quizá haya sido un error. Pensaba que no volverías.

Ella de pronto se sintió ridícula. Estaba acusando a Alejo de ser como era. Como si por el simple hecho de darle clases y haberla besado tuviera un compromiso con ella.

—Y lo peor de todo —dijo Elena que notaba cómo se desinflaba su ira— es que no tengo la menor idea de por qué me sienta mal que te acuestes con quien quieras.

Él notó su vacilación y aprovechó para acercarse.

—Yo sí lo sé.

—Lo que vas a contestar es una estupidez.

Él sonrió de forma muy leve y dio un paso. Más cerca.

—Porque sientes algo por mí.

—En este momento de mi vida me enamoraría de cualquiera que fuera amable conmigo, no te equivoques.

—Pero lo estás haciendo de mí.

Prefirió no meditar sobre aquello. Al menos no en aquel momento. Ya tendría tiempo de hacerlo, de intentar comprender por qué le había molestado tanto que su maestro hiciera lo que le viniera en gana cuando no había nada más que buenas intenciones.

—Será mejor que me marche —no quería continuar con aquello, no estaba segura de a dónde la llevaría.

Alejo no se movió de donde estaba, no quería volverlo aún más complicado.

—Quédate. Podemos hablar y aclararlo todo.

—Simplemente tengo que pensar. Otro día. Tendremos esta conversación otro día.

Él no hizo nada por detenerla cuando Elena abandonó el estudio. Sabía que muchas veces los puntos y finales se convierten en puntos y seguidos si se mantiene intacto el respeto. ¿Cómo diablos se le había ocurrido permitir que aquella modelo...?

La vio alejarse bajo la lluvia sin abrir el paraguas.

La vio sentarse ante el volante y encender el motor.

Vio cómo suspiraba antes de comenzar a alejarse, y en el último momento, justo cuando pensaba que todo estaba perdido, ella giró la cabeza y lo miró de aquella manera extraña con que lo había cautivado la primera vez.

Capítulo 18

Dejó el coche donde pudo. Le apetecía comer algo y pensar un poco. Su vida empezaba a complicarse, y era algo que se había prometido a sí misma que no ocurriría hasta no encontrarse recuperada del todo.

Estaba enfadada. Muy enfadada. Lo que acababa de descubrir de Alejo le había calado más de lo que había intentado reconocer en su trayecto en coche hasta aquel punto, cerca de su casa. Había sentido celos. Sí, celos. Como si él le perteneciera o hubiera un vínculo sagrado entre los dos. Como si el simple hecho de haberla besado hubiera supuesto que él formara parte de su propiedad. Aquello le había molestado más que muchos otros sentimientos que empezaba a identificar de nuevo. En primer lugar porque implicaba que sentía algo por su profesor. Y en segundo lugar porque cuanta más tranquilidad necesitaba más borroso se volvía todo a su alrededor.

Caminaba a paso rápido, pisando sin cuidado los charcos que el agua había dejado en el pavimento. A pesar del frío y del agua que había caído la terraza estaba repleta de turistas que ultimaban un almuerzo tempranero. El interior del bar estaba vacío. Ella buscó un rincón perdido tras una columna. Era un local donde acudía a menudo. Servían sándwich variados y una cerveza artesanal con matices dulces que le encantaba. Un espacio donde degustar un aperitivo de forma rápida y eso era precisamente lo que necesitaba. El camarero ya la conocía. De hecho la primera vez que entró fue tan amable con ella como si fuera ya una clienta asidua. Quizá aquella familiaridad que tanto faltaba en su vida fue lo que hizo que lo eligiera en un día como aquel, donde no sabía cómo ordenar las ideas que se le amontonaban en la cabeza.

Intentó serenarse. No tenía muy claro qué debía hacer. Solo que no le apetecía entrar en su casa y mirar las paredes mientras el tiempo pasaba. Pidió un sándwich vegetal que le trajeron al momento y cuando estuvo a solas sacó el ordenador de su bolso. Permaneció pensativa mientras la pantalla se iluminaba. No era buena con las palabras, quizá por eso necesitaba la imagen para expresar lo que sentía.

Había muchas formas de enfrentarse a aquello,

pero un único sentido, el de la claridad. No podía seguir engañándose a sí misma. Esquivando sus sentimientos. Permitiendo que otros decidieran qué camino debía tomar. Tenía que desplegar las cartas sobre la mesa e identificarlas una a una, para saber en medio de qué partida se encontraba.

El ordenador terminó de encenderse y Elena abrió un nuevo documento de texto. Tardó aún unos segundos más en decidir por dónde empezar, pero cuando al fin tecleó, las cosas estaban más claras. En el lado izquierdo de la pantalla sus dedos dieron forma a un enunciado: escribió *Lista de prioridades*. Lo miró largamente, pero le pareció insuficiente. Las prioridades se movían en el ámbito de lo urgente. Eran necesarias pero no solían llevar a la felicidad. Inmediatamente volvió al teclado y en la columna de la derecha apareció otro enunciado: *Lista de deseos*. Ahora sí. Ahora estaba plasmado lo urgente y lo importante a un mismo nivel. Satisfecha dio un par de bocados mientras miraba esperanzada la pantalla de su ordenador.

Su prioridad principal en aquel momento era estar bien, de eso no tenía dudas. No solo consistía en algo que ya le habían dicho todos los que le rodeaban, sino que también lo sentía como una meta propia. Su médico le había indicado que llevara una vida normal y sin sobresaltos y en eso era en lo que debía esforzarse. Y por supuesto necesitaba una dirección, saber hacia dónde se dirigía su existencia. Esto era un poco más difícil. Había reconocido que, pese a la seguridad que necesitaba, no quería enterrarse aquellos años en un despacho gris rodeada de papeles oscuros. Sabía que dejar su trabajo había sido un paso arriesgado, incluso imprudente, pero pocas cosas habían logrado darle aquella satisfacción, aquella paz, como lo hacía la fotografía. Quizá en un futuro debiera replanteárselo, cuando ya no le quedara dinero y no hubiera vendido ninguna de sus obras, pero por ahora estaba en el lugar en que quería estar, y eso era lo importante. Después estaba «el gran problema», pero sobre eso, por ahora, no quería ni pensar. Y por último tenía que recuperar el tiempo perdido. Esto era lo más complicado porque sabía que aquello que se escapa jamás vuelve, pero al menos era necesario construirse de nuevo, de forma sólida y a partir de cero. Le quedaba por vislumbrar qué tipo de mujer quería ser. De ese nuevo diseño tenía claro que necesitaba ser libre, serena y feliz. Y sobre todo desechar los peligros y las preocupaciones.

Estas tres ideas fueron a parar a la columna de prioridades: bienestar, dirección y tiempo perdido. Con ellas era suficiente, un buen inicio por donde comenzar y en el que focalizarse. Debía abandonar los fantasmas del pasado. Aún recordaba lo que le dijo el primer médico que la atendió, que el pasado no era importante, solo el presente y los sueños del futuro. Eso era a lo que ella tenía que asirse más que a nada en el mundo.

Terminó de comerse el sándwich mientras observaba el resultado, leyéndolo una y otra vez. Aquella sensación que la embargaba desde esa mañana, de enfado con el mundo, no había desaparecido, pero la notaba más ligera, como si hubiera adelgazado.

Dio un sorbo a la cerveza y se dedicó de lleno a la otra columna.

Los deseos eran más complicados. Cerró los ojos y se masajeó las sienes. Había menos de los que había imaginado. Pensaba que solo tendría que colocar los dedos sobre el teclado y estos volarían desde su cabeza como potros desbocados, pero no era así, y por más que le daba vueltas una única idea tomaba forma: no quería hacer aquel nuevo recorrido en solitario.

Aquella idea única le sorprendió. Miró a su alrededor, desamparada. En todo aquel tiempo había estado segura de que ante todo necesitaba ser libre, sin embargo ahora… sintió cómo el sándwich se revolvía en sus entrañas. No era algo que le hubiera gustado descubrir. No era algo con lo que se sintiera cómoda. En la soledad de una mesa en un bar perdido se daba cuenta de que aquella idea peregrina explicaba muchas cosas que hasta aquel momento no habían tenido sentido para ella. Y explicaba sobre todo su postura con Tomás y con Alejo.

Era aquella necesidad de compañía la que aún le impulsaba a pensar en su doctor con la idea de un amor platónico, sabiendo que solo tendría problemas en el futuro si se acercaba demasiado. Era precisamente esa necesidad la que le permitía flirtear con su joven maestro, aun reconociendo y comprobando, como esa mañana, que entre sus virtudes no estaba la honestidad.

¿Y qué hacía ella en medio de los dos? Como si fueran alternativas únicas e irremplazables.

—Me alegra verte de nuevo. Hacía meses que no sabía nada de ti —dijo una voz muy cerca de su mesa.

Elena estaba tan arrobada en sus pensamientos que ni siquiera la había visto acercarse. Cuando levantó la cabeza se encontró con una mujer completamente desconocida. Muy mayor, tanto que necesitaba un bastón para apoyar el peso de su doblada espalda. Tenía el cabello blanco peinado de aquella forma antigua en ondas, con un marcado reflejo violáceo. Estaba muy abrigada, en exceso a pesar de que el día era frío.

—Creo que me ha confundido con otra —dijo Elena con amabilidad. En cierto modo agradecía que alguien la hubiera sacado de aquellos pensamientos oscuros. Además, sentía una enorme ternura por los ancianos, más que por los niños, quizá debido a que lo veía como una vuelta a la infancia pero sin perspectivas.

La mujer se movió con dificultad, como si necesitara verla desde otro ángulo.

—Vaya, no lo diría yo. Creo que tú y yo nos hemos visto en este mismo lugar durante los últimos… ¿en qué año estamos?

Elena se dio cuenta de que la mujer no estaba muy bien de la cabeza. En otro momento le hubiera encantado charlar con ella, pero no en aquel instante. Su mente era un torbellino y el descubrimiento que acababa de hacer sobre sus deseos la había puesto aún de peor humor. De un par de manotazos recogió sus cosas de la superficie de la mesa. La cerveza quedó a medias y el plato vacío.

—Siéntese aquí si quiere —le dijo a la mujer, inmóvil a su lado—, yo ya me marchaba.

La anciana se lo agradeció, sentándose con dificultad en la única mesa que había permanecido ocupada en todo el local.

—¿Seguro que no eres la chica de las flores? —le preguntó antes de que se alejara—. En ese caso tienes una doble dando vueltas por la ciudad. Una doble muy guapa, por cierto. ¿En qué año estamos?

A pesar del mal humor, Elena sonrió.

—Le aseguro que no hay por ahí fuera nadie tan confundida como yo, pero gracias por el piropo, me hubiera gustado serlo para usted. Y estamos en otoño. El año es lo de menos.

La mujer sonrió y Elena se dio cuenta de que le hubiera encantado ser esa chica que la mujer recreaba en su imaginación.

—Cuídate —dijo al fin la anciana—. Ahí fuera hace frío.

Aquella advertencia le sonó a premonición.

—Lo haré. Gracias.

Y salió hacia la calle, en busca de una manera de huir de aquel frío interior que ella también sentía.

Capítulo 19

Aún estaba confundida cuando tropezó con Tomás y volvió a sentir aquella sensación extraña. Pero esta vez era distinto.

—Parece que tú y yo estamos destinados a encontrarnos —dijo él con un brillo en los ojos que lo decía todo.

—Sí, eso parece —contestó Elena un tanto aturdida.

Ella acababa de salir de aquel bar, cerca de su casa, y en cuanto había girado la esquina había chocado de frente con su doctor. De pronto había impactado contra su pecho y para evitar que se cayera, Tomás la había sostenido por la cintura. La confusión le había venido por su olor, aquel aroma varonil y fresco que lo envolvía. Estaba casi segura de que incluso antes de verlo ya sabía que él aparecería al doblar la esquina y que la tomaría de aquella forma, tierna y firme. Sólida y suave.

Elena se ruborizó, pero no porque su presencia le provocara aquella reacción como otras veces, sino por la sensación de deseo que acababa de experimentar al notar el cuerpo de Tomás pegado al suyo. Se separó de una forma demasiado brusca pero él no dijo nada. Su ordenador estaba en el bolso y este no se había estrellado contra el suelo. De pronto se descubrió preocupada por aquella lista que acababa de confeccionar, como si esta no estuviera ya grabada en su memoria como marcada en su piel por un hierro candente.

Era curioso que Tomás apareciera justamente cuando acababa de confeccionar su lista de deseos. Era demasiado tiempo sin el placer del sexo. Toda la vida, si se atenía a sus circunstancias. Volvió a sonrojarse y decidió que no era un asunto a meditar en aquel momento.

—Sé que somos vecinos —dijo ella sin poder evitar la desconfianza que le provocaba aquel encuentro a todas luces fortuito—, pero nunca me has dicho dónde vives.

—Justo detrás de aquellos edificios —señaló una hilera de bloques que se alzaban al fondo de la calle.

Nunca había ido más allá de la cafetería. Al menos no que recordara. No dejaba de ser extraño que el hombre por el que empezaba a obsesionarse viviera a unas pocas manzanas de ella. Elena suspiró. Primero Alejo y ahora Tomás. Era como si sus indecisiones se empeñaran en aparecer cuando menos preparada estaba para ellas.

—Ya me marchaba —dijo sintiéndose incómoda porque acababa de darse cuenta de que llevaban varios segundos, uno frente a otro, sin decir una palabra—. He almorzado algo antes de subir. Tengo muchas cosas que hacer.

Él también reaccionó. Parecía que estaba sumido en sus reflexiones. Elena se preguntó si formaría parte de aquellas.

—¿Te apetece tomar algo caliente? —insistió Tomás frotándose las manos. No llevaba guantes. Tampoco bufanda—. El termómetro se ha desplomado desde esta mañana.

Elena sabía que no debía aceptar. Ya era todo demasiado confuso como para además dar un paso en una dirección que no sabía si era la correcta.

—Un café sería buena idea —dijeron sus labios sin saber por qué.

Tomás señaló la vieja cafetería que suponía el límite de todo lo que Elena conocía. Desde allí al centro ya le eran familiares sus rutas y senderos. Más de una vez se había preguntado qué había más allá, pero nunca había dado el primer paso.

Llegaron a la cafetería en un momento. Las ventanas estaban cubiertas por visillos pulcramente plisados. Mesas con tapa de mármol y solería hidráulica. Un aire de otro tiempo. Había una chimenea que ardía con fuerza y Tomás eligió la mesa más cercana. Hasta ese momento Elena no se había dado cuenta del frío que sentía, a pesar de habérselo dicho la anciana hacía unos minutos, y ahora el hombre que estaba sentado frente a ella.

—¿Qué tal van tus fotos? —preguntó él tras pedir dos cafés cortados y sin azúcar. Elena se dio cuenta de que eso era precisamente lo que le apetecía.

—Todo lo bien que pueden ir —dijo sin mucho convencimiento—. Supongo que necesito tiempo.

Él abrió las manos para remarcar lo evidente.

—Pues tómatelo. No hay nada que te lo impida. Has pasado por una experiencia muy traumática. La mayoría de la gente… uff… ni siquiera sabría qué hacer. Te lo aseguro. Sé de lo que hablo. Y encima has tomado una decisión complicada.

Todo eso lo sabía. El presente era lo que le empezaba a preocupar.

—Bueno —dijo Elena—, mi cuenta corriente disminuye y hay que pagar las facturas todos los meses.

—Ya te dije que si necesitabas algo…

No era un buen día para ella. No lo era en absoluto. En cualquier otro momento aquel comentario hubiera sido de agradecer, pero en su situación actual se volvía algo correoso, lleno de aristas que hizo que se sintiera casi tan enfadada como esa mañana, cuando había visto salir a la mujer del estudio de Alejo.

—¿Por qué eres tan amable conmigo? —le preguntó inclinando la cabeza, intentando descubrir qué encerraba la amabilidad de su doctor.

—Bueno —respondió él un tanto confundido—, creo que nos llevamos bien.

—No me refiero solo a eso. Eres mi médico y sin embargo no sé muy bien si solo te puedo considerar mi especialista. Me invitas a salir, me ofreces dinero, compras mis fotos. ¿No te parece un poco... raro?

Él ahora parecía confuso. El camarero acababa de traer la comanda y aquel breve silencio le ayudó a entender qué estaba ella insinuando.

—Es evidente que este encuentro ha sido un error.

Elena tomó aire. Sentía que se asfixiaba. Quizá fuera la cercanía del fuego, o el ambiente elegante y a la vez cargado de la cafetería. Le entraron unas ganas enormes de salir de allí.

—Cuando fui por primera vez a tu consulta... —dijo sin tener muy claro cómo terminar la frase. Recordó lo que le había dicho la enfermera en aquella ocasión—, un tipo como tú era imposible que estuviera libre. Eres demasiado perfecto. Cuando me invitaste a salir pensé que era por caridad. Una pobre enferma a la que hay que animar para que no se deprima.

—Por favor, eso nunca... —se escandalizó ante su insinuación.

—Pero después me he dado cuenta de que hay algo más que no logro entender de ti. Tienes una mujer que al parecer puede aparecer en cualquier momento. ¿Por qué te acercas entonces a mí?

Tomás ahora estaba mortalmente serio. Parecía que nada vaticinaba, tras aquel encuentro fortuito, llegar a ese punto preciso.

—Ella no va a aparecer, nunca —dijo acercándose ligeramente hacia Elena—. Y si mi presencia te es incómoda, simplemente con decírmelo, me quitaré de en medio y no volverás a verme.

Elena lo miraba fijamente a los ojos. Intentaba evaluar qué había encerrado en aquellas dos pupilas verdes y rutilantes. Pero Tomás era tan inaccesible, tan lamentablemente inaccesible, que supo que aquel momento era una inflexión en su relación. Le entraron ganas de reír cuando aquella palabra se formó en su cabeza. «Relación». Lo que habían tenido no pasaba de los buenos modales y la piedad de un buen doctor. Decidió que aquel era un instante tan adecuado o incómodo como otro cualquiera, un intervalo preciso para saber hasta dónde estaba dispuesto a arriesgar aquel hombre que había conseguido quitarle el sueño.

—Sí, me molesta que sigamos viéndonos —dijo mientras analizaba el impacto de sus palabras en su rostro.

Él lo encajó sin ninguna expresión aparente. Al menos ninguna que se trasluciera en su rostro. Quizá sus pupilas se contrajeron un instante, como si intentaran enfocar más allá de sus ojos. Si ella hubiera apartado la mirada habría descubierto cómo Tomás cerraba los puños. Pero eso fue todo. Él se humedeció los labios y apuró el café de un solo trago.

—Bien —dijo tras limpiarse los labios con una servilleta—, entonces será mejor que solo nos veamos en la consulta... de hecho creo que debes cambiar de médico cuanto antes, así evitarás tener que encontrarme.

—Me lo pensaré.

Él se puso de pie. Aquel rostro serio, duro, era ahora una máscara de piedra.

—Creo que no hay nada más de lo que hablar. Siento si todo esto te ha resultado desagradable. No ha sido mi intención molestarte.

—Nada más —confirmó Elena.

Él permaneció unos instantes allí parado. Con las manos en torno a los bolsillos, sin decidir qué debía hacer con ellas. La miraba fijamente, como si intentara comprender qué la había llevado a tomar aquella determinación. Estaba seguro, completamente seguro de que todo marchaba bien entre los dos. Sin embargo... Elena vio cómo se abrían sus labios para volver a cerrarse sin pronunciar una sola palabra. A pesar de su hieratismo creyó ver su desolación. Tomás se pasó una mano por su rapada cabeza, como si con aquel gesto pudiera apartar algo que le molestara. Elena comprendió que dependiendo de lo que contestara a continuación quizá aquella sería la última vez que lo viera. O al menos en una situación en la que hubiera una pizca de ilusión. Él al fin tragó saliva y cambió el peso de un pie a otro.

—Espero que te vaya bien —arrojó un billete sobre la mesa—. Aunque te incomode, déjame que pague por última vez. No estoy acostumbrado...

—Y yo espero que ella aparezca —contestó Elena, implacable, antes de que Tomás terminara.

Él no dijo nada más. Sabía muy bien que los silencios dicen más que las palabras y se había prometido a sí mismo que no iba a ir en contra de Elena si se presentaba aquella situación. El momento preciso en que ella decidiera que él ya no formaba parte de su vida. Aunque le costara un dolor tan intenso que lo dejara sin respiración. Aunque tuviera que darse por vencido y arrojar sus sueños a un vacío inhóspito de donde jamás regresarían.

Simplemente se dio la vuelta y salió por donde había entrado. Ella lo observó mientras se marchaba, notando cómo un nudo amargo descendía por su garganta. Le entraron ganas de ir tras él, de pedirle que olvidara todo lo que había dicho, pero tenía que quitarse a aquel hombre de su cabeza.

Cuanto antes.
Como fuera.

Capítulo 20

Cuando Alejo la vio aparecer no supo qué pensar.

Había pasado el día de un humor de perros, pegado al móvil, inquieto ante cualquier llamada por si era de ella, y refrenando a su vez las ganas de marcar su número. Su instinto le decía que dejara pasar el tiempo. Quizá así se olvidaba de ella. Acostarse con otra mujer no había surtido efecto. Y si no la olvidaba, al menos Elena se habría calmado y estaría dispuesta a escuchar sus excusas.

Había anulado dos citas de trabajo. Una era la sesión fotográfica para un retrato familiar. Adujo que se encontraba mal y la aplazó para la próxima semana. La otra era con la misma diseñadora con la que había disparado el día anterior, y en esta ocasión no tenía ganas de hablar de lo que sucedió el día anterior, precisamente lo que lo había metido en aquel problema. Se excusó diciendo que quería entregar el trabajo cuanto antes y que estaba inmerso en la selección y retoque del material.

Todo esto se tradujo en un día improductivo. Se sentaba ante el ordenador diez minutos para levantarse a continuación y andar como un león enjaulado por todo el estudio. Ordenaba su equipo de forma meticulosa, para a continuación desordenarlo y dejarlo como al principio. Y es que Elena no salía de su cabeza ni un instante y se sentía ruin por lo que había hecho.

Almorzó una lata de atún y cuando se sirvió café se dio cuenta de que se había bebido cerca de dos cafeteras. Esa noche no dormiría y si tuviera que echar unas fotos estaba seguro de que le temblaría el pulso.

Seguía vagabundeando de un lado al otro de su estudio cuando la vio aparecer.

Elena llevaba la misma ropa de esa mañana, cuando se marchó tras averiguar que él había pasado la noche con otra mujer. Una falda ajustada y un jersey de cuello alto, ambos en color negro. Encima una gabardina gris que flotaba a su alrededor con cada movimiento de su cuerpo. En aquel momento lo único que pasó por la cabeza de Alejo fue que no se había quitado el pijama y que seguía en pantuflas y camiseta. Se sintió ridículo, desarmado si tenía que darle una explicación.

Viendo cómo Elena se acercaba, implacable,

levantó las manos en un gesto de paz, con la intención de que lo dejara hablar antes de que ella soltara todas las recriminaciones que seguro guardaba en la recámara, pero ella no se detuvo. Había algo diferente en su mirada que no supo identificar y que le causó un escalofrío.

Elena fue a su encuentro, con paso firme y zancada larga. Eso provocaba que su cuerpo se balanceara de una forma muy seductora que le indujo a Alejo un escozor conocido.

—Yo no… —intentó decir.

Pero Elena ya estaba a su lado, justo frente a él y le tapó la boca con un beso.

Alejo lo recibió con sorpresa. Había esperado todo cuando la había visto aparecer, menos aquello. Reprimendas, insultos, llantos… menos aquello.

Fue un beso profundo, que comenzó mordiéndole el labio inferior. Él soltó un gemido y su cuerpo reaccionó al instante ante aquel estímulo. Correspondió tomándola por la nuca, apretándose contra ella, ajustando cada pulgada de su cuerpo al suyo, cuando se dio cuenta de que sus mejillas estaban húmedas. Solo entonces se apartó y vio que Elena estaba llorando.

—¿Qué sucede? —le preguntó mientras le retiraba el cabello de la cara.

—Iba a hacerlo. Estaba segura de que podía hacerlo, hasta que he empezado a besarte.

Él le acarició el rostro. Parecía desconsolada. Aun así la deseó más, con más fuerza, con más urgencia. Volvió a besarla, pero ahora ella le detuvo, colocando una mano en su pecho.

—Sería un error más. Uno nuevo que añadir a una larga lista de errores —se sentó en el sofá. Más bien se desplomó sin fuerzas—. Perdóname. Es mejor que me marche.

Él intentó refrenar aquel deseo enorme. Pocas veces se había sentido más excitado, sin embargo ella lo había dejado claro: sería una equivocación.

—De eso nada. Te prepararé algo caliente y charlaremos hasta que te calmes.

Elena intentó levantarse, pero no pudo.

—No tengo hambre. Solo siento angustia.

—¿Qué ha pasado?

¿Cómo explicarlo?

—Todo. Nada.

—Ha debido suceder algo.

Ella suspiró. Estaba allí porque quería olvidar a otro hombre. Y había estado a punto de cometer algo sucio y ruin solo para acallar aquella necesidad, aquella sed de Tomás que cada vez era más imperiosa. Tenía que sacarlo de sus pensamientos, eso estaba claro, pero no de aquella forma. No así.

—¿Por qué es todo tan complicado? —dijo al fin—. ¿Por qué nos enamoramos de la persona inadecuada?

—Supongo que no hablas de mí.

—No sé de quién hablo. Tampoco sé si conozco siquiera el significado de esa palabra. Es solo anhelo, angustia. ¿Cómo se puede vivir de esta forma?

—Siendo sincera e intentándolo —le contestó, sorprendiéndose él mismo de sus palabras—. Y te lo dice alguien que no tiene ninguna de esas dos virtudes.

Elena no lo escuchaba, o al menos esa era su impresión. Tenía la mirada perdida, las rodillas juntas y la espalda inclinada hacia delante.

—Me gustaría despertarme mañana y que todo hubiera acabado —murmuró sin mirarlo—. Que solo me preocupara la luz exacta que deben tener mis fotografías o los ángulos en los que colocar mi cámara.

A él también. De hecho, antes de conocerla, esos eran sus únicos fantasmas.

—Eso nunca funciona fuera de las películas y las novelas.

—Creo que tampoco en ellas sucede así —afirmó Elena—. No hay más remedio que enfrentarse a los problemas y las angustias.

—Hazlo.

—Duele.

Él insistió.

—Aun así. Hazlo.

Ella lo miró un instante para volver a perder su mirada en las sombras oscuras del fondo.

—No sabes lo que dices. Ni siquiera sé de dónde vengo. ¿Cómo voy a saber adónde voy?

—La partida y el destino son dos cosas diferentes. No te dejes engañar.

Era posible que tuviera razón. El mundo no dejaba de ser un tapiz difuso donde hasta las cosas más inverosímiles tomaban forma. Aquel era un buen ejemplo: ella acababa de huir del hombre al que empezaba a darse cuenta de que amaba, para arrojarse a los brazos de otro con quien quizá pudiera existir un futuro.

—Quizá mañana tenga que preguntarme todo esto —se dijo a sí misma.

Alejo comprendió que lo mejor era no ahondar en aquella introspección.

—¿Seguimos ahora besándonos? —dijo para arrancarle una sonrisa.

Lo consiguió y los ojos de Elena volvieron a iluminarse, lo que le provocó a Alejo una ligera angustia en el pecho.

—Perdóname —le rogó ella—. No me reconozco en quien se ha arrojado a tus brazos hace unos instantes.

—En vista de que ya no hay posibilidad de seguir por ese camino, voy a preparar un té. ¿Te apetece?

—Gracias. No quiero molestarte. Solo pensar en silencio. ¿Te importa?

Él abrió los brazos para quitarle importancia.

—Estás en tu casa. Yo arreglaré algunas cosas. Llámame si me necesitas.

Ella asintió pero no dijo nada. Se acurrucó en el sofá, formando un ovillo, y sus ojos se perdieron en un pensamiento tan lejano y doloroso que apenas tenía forma.

Capítulo 21

Cuando Alejo se despertó, Elena ya no estaba a su lado.

Había sido una noche larga. Tras aquella conversación, ella le había preguntado si podía quedarse a dormir. Lo había hecho en voz baja y sin mirarle a la cara, por lo que Alejo intuyó que sus palabras no tenían el significado que él querría darle.

—Por supuesto —se apresuró a decir.

Y entonces Elena comentó que dormiría en aquel mismo sofá y las pocas ilusiones que él aún albergaba sobre una noche llena de pasión se desinflaron como un globo en un día de calor.

Con la tormenta que arreciaba sobre la chapa metálica del techo, la oscuridad se vino encima enseguida. Se había alzado cierta incomodidad entre ambos que era difícil de identificar. Entre los dos no había dejado de fluir la cordialidad, pero los silencios eran demasiado prolongados y llenos de preguntas.

Él preparó la cena con algo de pasta que Elena apenas tocó. Parecía ensimismada mientras jugaba con el tenedor sobre el plato.

—¿Te encuentras bien?

Ella tardó en contestar.

—Solo cansada.

Había tenido un día complicado según le había contado, aunque no entró en detalles y él no preguntó. Empezaba a conocer su rostro de memoria y a pesar de que la fatiga no se traslucía en él de manera evidente, el matiz ceniciento que había adquirido su piel era fiel reflejo de que necesitaba descansar.

—¿Por qué no duermes en la cama? —comentó Alejo mientras retiraba los platos—. Aquí abajo hace frío y terminarás con los muelles clavados en la espalda. Te prometo que no te tocaré, si tú no quieres.

Ella sonrió y le dio las gracias. No había nada más que decir.

Elena permaneció taciturna el resto de la velada. Él intentó varias veces iniciar una conversación, pero Elena contestó con monosílabos o frases que solo tenían por objeto no ir más allá. Tras la cena ella se dio una ducha. El baño estaba en la planta baja, junto al plató, ya que con buena lógica lo había planteado por si los modelos que allí retrataba querían ducharse o necesitaban usarlo durante la sesión. Fregó los platos mientras escuchaba el agua correr a pocos metros de donde se encontraba. El simple hecho de pensar que la mujer a la que deseaba estaba desnuda al alcance de su mano hizo que se excitara de nuevo. Dejó los platos aún húmedos sobre el escurridor y permaneció atento, buscando cualquier cosa que se asemejara a una invitación, lo que no ocurrió. Estuvo tentado de quitarse la ropa y meterse en la ducha con ella, pero podía ser un error y echar por tierra lo poco o mucho que había conseguido hasta ese momento. Un buen rato después, Elena apareció envuelta en una toalla y se despidió para subir a la cama. Alejo miró cómo desaparecía por las escaleras, hipnotizado por su paso ondulante y sus largas piernas desnudas.

Permaneció abajo un par de horas más. Intentó ver el partido, pero era incapaz de concentrarse. Encendió el ordenador para retocar algunos trabajos que tenía atrasados. Era algo que siempre lograba atraparlo, pero en esta ocasión las capas de la imagen le parecieron aburridas. Al final decidió meterse también en la cama e intentar dormir algo, si eso era posible teniendo la tentación junto a su cuerpo.

Elena se había acurrucado en un extremo, casi al borde, dejando la amplitud del lecho para él. La miró mientras se cambiaba de pijama. Desde abajo la había oído moverse todo aquel tiempo. El viejo somier delator. Sin embargo ahora parecía profundamente dormida, con una respiración pausada y regular. Elena había seguido sus indicaciones y llevaba puesta una de sus camisetas. Se preguntó qué llevaría debajo y cuando retiró las sábanas vio que se había puesto uno de sus *boxer* de tela. Verla así le transmitió una idea de fragilidad que lo llenó de ternura, no solo de deseo. Le entraron ganas de abrazarla. Solo de eso. Pero ella le había pedido intimidad y podía malinterpretar aquel abrazo. Además, se conocía bien y sabía que su cuerpo no sería capaz de resistirse una vez la tuviera entre sus brazos.

Al final, teniendo cuidado de no despertarla, entró en la cama dejando espacio entre los dos. Cuando apagó la luz, tenerla tan cerca se hizo aún más insoportable. Saber que permanecía invisible y solo a un gesto de su mano era un martirio. El insomnio llegó enseguida. Ni siquiera el martilleo de la lluvia sobre la cubierta, que siempre había logrado calmarlo, fue suficiente. Por más que intentaba dormir, la imagen de Elena se proyectaba en su mente como una película impertinente. Dio tantas vueltas con cuidado de no despertarla que terminó con dolor de riñones.

No supo a qué hora concilió el sueño, pero fue muy avanzada la madrugada.

Cuando amaneció abrió los ojos y miró a su lado. Entonces vio que la cama estaba vacía. Se incorporó de un salto, pensando que ella se había marchado, pero desechó la idea de inmediato. La única salida era a través de la gran persiana metálica y su ruido al levantarla era tan infernal que seguro lo habría despertado. Lo siguiente que percibió fue el aroma del café y entonces su rostro se iluminó con una sonrisa. Buscó algo en el cajón de la mesita de noche en forma de palé claveteado para formar un cuadrado imperfecto, y lo guardó en la palma de la mano.

Cuando bajó, la encontró sentada en el gran sofá de la entrada, la única pieza cómoda de la planta inferior, con los pies descalzos sobre el asiento. Una taza humeaba en su mano mientras se abrazaba las rodillas con el otro brazo. Tenía la mirada perdida en algún punto invisible.

—Buenos días —dijo él deteniéndose a su lado.

Estaba completamente vestida, a excepción de los zapatos de tacón que descansaban a su lado. Le pareció más bonita que nunca. El sueño había reparado el color de sus mejillas que de nuevo lucían sonrosadas y llenas de vida.

—No quería marcharme sin despedirme y parecías muy tranquilo —dijo ella poniéndose de pie.

—No he dormido muy bien. ¿Qué tal tú?

—Estaba tan cansada que ni recuerdo haber puesto la cabeza en la almohada —señaló su taza—. He hecho café. ¿Quieres que te sirva?

—Ya lo hago yo —negó con la cabeza y fue hasta la cocina, a escasos pasos de donde se encontraba.

Elena empezó a calzarse. Desde donde Alejo manipulaba la cafetera tenía una visión perfecta de sus piernas. Al girarlas para ponerse los zapatos, la falda había subido ligeramente dejándolas al descubierto en toda su extensión. Tragó saliva y volvió a su lado con un café cargado y con doble de azúcar.

—¿Qué planes tienes para hoy? —le preguntó mientras Elena terminaba de abrocharse las trabillas—. Podemos dar la clase que perdimos ayer.

Ella se incorporó y se alisó la falda. Alejo se daba cuenta de que en aquella mujer cualquier gesto estaba cargado de femineidad. Era algo delicado, sutil, que la envolvía como un aura que arrastraba a su paso.

—Quiero ir a casa y cambiarme de ropa —contestó Elena al fin, evitando mirarlo a los ojos—. Hace veinticuatro horas que me puse este conjunto y no me siento cómoda.

Elena ya estaba preparada. Solo quedaba marcharse. Todo era demasiado raro en aquel momento. Había llegado tan furiosa, tan llena de rencor que lo único que quería era echarle en cara a Alejo que...

Sin embargo.

—Sobre lo de ayer... —dijo él sin saber qué hacer con las manos. Cambió la taza de una a otra y aun así se sentía torpe.

Elena lo miró a los ojos. Le sentaba bien el amanecer a su joven profesor. Aquella sempiterna coleta ahora despeinada y los ojos ligeramente hinchados le daban un aspecto seductor.

—No sé muy bien qué me pasó —dijo ella al fin, encogiéndose de hombros—. Supongo que demasiadas tensiones.

—¿Te encuentras mejor?

—No —dijo más tarde de lo que pretendía—, no sé cómo debo manejar esta situación. ¿Qué me sugieres?

Le hubiera sugerido que se quitara la ropa y se fuera con él a la cama, pero sabía que era mejor parecer condescendiente. Las mujeres eran complicadas y lo mejor era andarse con cuidado.

—Por lo que a mí respecta no tienes nada que temer —dijo al fin—. Me has dejado las cosas claras y sé a qué atenerme.

—Lo suponía, pero me alegra saberlo de tus labios...

Alejo no la dejó terminar.

—Sin embargo si soy el tipo de hombre que sabe cuándo ha llegado el momento, y creo que es ahora.

Estaban cerca de la entrada. Sin darse cuenta

sus pasos los habían encaminado hasta la salida. Elena se detuvo ante aquel comentario.

—¿El momento de qué?

Esperó no espantarla con lo que iba a decirle.

—Te pedí que vinieras a vivir conmigo, como amigos, como colegas, como lo que quisieras. Esa oferta sigue en pie. Solo tienes que pensarlo.

—Gracias —dijo de manera exigua.

Permaneció allí parada, en medio de la nada. Solo tenía que alargar la mano para accionar el mecanismo que abriría la puerta, sin embargo parecía encontrarse en otro lugar, a miles de kilómetros de allí.

—Daría mi cámara por saber qué pasa por tu mente —comentó él.

Elena sonrió y volvió a aquella realidad.

—No te gustaría, te lo aseguro.

—¿Hablan mal de mí allí dentro?

—Eso nunca. Pero busco respuestas y estoy descubriendo que mi cabeza puede ser un galimatías cuando se empeña en algo.

Al fin ella lo hizo. Levantó la mano y accionó el botón. El motor empezó a funcionar con aquel sonido atronador y la persiana comenzó a alzarse. La luz que penetraba desde el otro lado era blanquecina, aunque no había rastro de la tormenta que había arreciado la ciudad en las últimas horas. Alejo comprendió que no habría nada más. La mujer a la que estaba seguro de amar se marchaba y cualquier esperanza de que aquella jornada se prolongara bajo las sábanas terminaba allí mismo.

—¿Cuándo volverás? —le preguntó mientras la persiana seguía ascendiendo.

—Mañana. Pasado. No lo sé.

—Te esperaré.

—Quizá el otro.

—Te esperaré.

Ella volvió a mirarlo a los ojos. Los había rehuido todo aquel tiempo. Lo que encontró en ellos la llenó de estupor. No era solo deseo, como en un principio había sospechado. Era algo más, tan sólido que casi podía tocarse.

—No me perdonaría hacerte daño —murmuró Elena.

—Creo que salvar esa posibilidad ya no está en tu mano, así que saca esa idea de tu cabeza.

La persiana llegó arriba y el motor se detuvo, volviendo el silencio de la mañana.

—He de marcharme.

Dio un paso hacia el exterior. Su coche estaba donde siempre.

—Elena…

La llamó él, saliendo detrás.

—¿Sí?

Tenía algo en la mano. No lo había visto cogerlo, por lo que supuso que estaría allí desde que había bajado hacía un rato. Cuando Alejo se lo entregó permaneció un instante mirándolo, como si no comprendiera lo que significaba aquella forma negra y plateada que emitía un brillo metálico.

—Por si yo no estuviera. Este estudio es tan tuyo como mío.

Era la llave que accionaba desde fuera el mecanismo de la persiana. La llave del estudio, la llave de su vida. Dudó si cogerla. No sabía a qué se comprometía ni si sería un paso demasiado grande. Sin embargo alargó la mano y la tomó entre sus dedos. Suspiró sin darse cuenta antes de meterla en el bolsillo de su gabardina.

—Gracias —dijo antes de entrar en el coche.

Él sonrió y solo entonces tuvo constancia de que apenas iba vestido y en el exterior hacía un frío que helaba.

—No hay de qué —fue lo único que se atrevió a decir antes de que ella accionara el contacto y su coche saliera de allí más rápido de lo necesario.

Capítulo 22

Tenía que pasar consulta en veinte minutos, pero Tomás nunca rechazaba un buen café.

Virginia, la mujer de su mejor amigo, lo había llamado esa mañana para decirle que contaba con un rato libre, estaba cerca y lo invitaba a un Colombia sin leche ni azúcar. Cuando Julio estaba demasiado ocupado o necesitaban hablar se encontraban para contarse sus cosas. Ella había sido quien le acompañó a la galería la noche que se encontró por sorpresa con Elena.

Los años habían logrado que hasta Tomás, que solía moverse por lo evidente, comprendiera las claves sutiles de la amistad. Sabía que Julio estaba muy preocupado por él. De hecho, cosa inusual, lo llamaba casi todos los días con las excusas más peregrinas: la liga, las nuevas fuerzas políticas, el nuevo programa informático de su trabajo... pero nunca entraba en materia. Podían llevarse una hora hablando de los resultados del partido del día anterior y en ningún momento Julio llegaba a preguntarle cómo se encontraba. Eso era demasiado blando entre colegas. Para aquel cometido enviaba a su mujer, y Tomás ya lo sabía. Habían hecho un buen equipo. Los cuatro. Antes de que todo ocurriera. Ahora aquello solo era pasado. Gris pasado enmohecido por la pátina del tiempo.

Virginia apareció puntual, con dos humeantes vasos de papel cubiertos, con sus nombres garabateados a rotulador. El café de Colombia tenía un aroma que era capaz de hacer olvidar las penas. Se habían visto por última vez hacía unas semanas. Precisamente el mismo día que coincidió con Elena en la inauguración de aquella galería.

—No sé si habré acertado —dijo ella tendiéndole su vaso.

Tomás lo probó. Había dado en el clavo.

—Vamos a dar un paseo —la invitó él—. A recordar los viejos tiempos.

Tomás había conocido a su mujer precisamente en aquel parque que se extendía junto a su consulta. Recordaba perfectamente aquel día. Jamás podría olvidársele. Julio y él volvían de entrenar. No recordaba por qué no habían podido ducharse. Quizá había un problema con el agua en el gimnasio. Iban en pantalón de deporte, deportivas y camiseta de tirantes a pesar del frío, esta última empapada en sudor. Cortaron por el parque para llegar antes al piso compartido en el que vivían en aquellos tiempos de estudiantes universitarios. Hacían el ganso, como siempre que estaban juntos. Se lanzaban la pelota de uno a otro mientras avanzaban. Un par de equilibrios con los pies y un chute a ver si su compañero la pillaba.

Y entonces la vio.

Ella venía de frente, como si fuera a su encuentro. Caminaba a paso ligero. Con prisas. Más adelante descubriría que era su forma particular de enfrentarse al mundo. Era otoño, como ahora, y estaban en ese momento de la tarde en que la luz se vuelve suave y dorada. El suelo estaba tapizado de hojas amarillas que seguían cayendo de los árboles como serpentina. No había nadie más en el parque que ellos tres. Un lugar solitario y una chica bonita que debía preocuparse al encontrar a dos tipos desarrapados que iban a su encuentro. Sin embargo eso no ocurrió.

Y entonces él lo supo.

Lo supo cuando ella pasó por su lado, se retiró el cabello de la cara y le sonrió. Nada más. Ningún otro gesto. Tomás se había quedado paralizado en medio de aquel jardín. Hipnotizado por la belleza de una desconocida que había pasado de largo. Se volvió para verla alejarse mientras Julio bromeaba sobre si se había quedado pillado con aquel bombón.

Él no le prestó atención y fue en su busca, lo que dejó patidifuso a Julio que siempre lo había tachado de tímido.

Aún recordaba la cara extrañada de la chica cuando Tomás la alcanzó y le preguntó su nombre. Un tipo medio desnudo que olía a demonios. Fue un momento decisivo. Podría haberlo mandado a freír espárragos, o haber salido corriendo en busca de ayuda. Pero eso tampoco sucedió. Recordaba cómo ella sonrió. Y recordaba cómo buscó un bolígrafo en su bolso y, mordiéndose la lengua de la forma más seductora que jamás había visto, le subió la camiseta y escribió sobre sus abdominales de joven deportista su número de teléfono. Números grandes que él se encargaría de que no desaparecieran en unos cuantos días.

Cuando ella se marchó y Julio corrió a su lado, le aseguró que iba a casarse con aquella mujer.

Y así fue.

Y así pasó los años más felices de su vida.

Aquel parque era ahora muy diferente a entonces. Los grandes árboles centenarios habían muerto carcomidos por alguna enfermedad y los caminos de arena batida estaban pavimentados de losa amarilla. Una reforma que a muchos disgustó. La floresta del antiguo jardín inglés había sido sustituida por la racionalidad de un equilibrado parque racionalista con grandes parterres de césped.

—¿Recuerdas que justo ahí había una fuente? —comentó Virginia, señalando el cruce de dos senderos.

Tomás no tuvo que hacer memoria. Había escenas de su pasado que siempre estaban presentes.

—Una vez Julio y yo nos bañamos en pelotas para escandalizaros —dijo sin poder evitar una triste sonrisa—, y solo conseguimos…

—Que os arrastráramos tras unos matorrales y os hiciéramos el amor —terminó Virginia por él—. Entonces podíamos hacer locuras y lo veíamos de lo más normal.

—Entonces todo era posible.

Continuaron paseando, mientras bebían el café sorbo a sorbo. Cada rincón de aquel parque le contaba una historia de un pasado feliz. Aquí se besaron. Allí tomaron un almuerzo bajo la lluvia, solo parapetados por su viejo paraguas. Más allá tuvieron su primera pelea de novios que terminó con la noche más increíble de sexo de su vida.

—Sabes que no estoy aquí solo para invitarte a un café —dijo Virginia un poco más adelante—, ¿verdad?

Él sonrió.

—Lo sospechaba.

Aun así su amiga tardó unos instantes en continuar. Pensó en cómo debía decirlo. Al final se decidió por saltarlo de sopetón.

—Ayer la vi.

Tomás se detuvo en seco y la miró con la frente crispada.

—¿Dónde?

Ella le quitó importancia con la mano.

—Eso no importa.

—¿Hablaste con ella?

—Fue solo una visión fugaz mientras esperaba a un cliente. Pasó por la acera de enfrente. Pensé en darle alcance, en charlar un rato con ella, pero no quise hacerlo sin tu permiso.

Era una realidad a la que ya debería estar acostumbrado, sin embargo, cada vez que alguien le hablaba de ella...

—¿Te vio? —le preguntó a Virginia.

—Creo que no, pero qué más da.

Y era verdad. ¿Qué más daba que la hubiera visto o no? Ahora era una mujer distinta, con sueños distintos y pasiones distintas, y tanto él como Virginia solo formaban parte del pasado.

Anduvieron un poco más. Él tenía la mirada perdida al frente, un gesto ausente que últimamente se estaba convirtiendo en demasiado usual. Julio le había pedido a su mujer que le echara una mano, a pesar de saber que los métodos de Virginia nunca eran sutiles. Ella le había prometido que así sería, pero también sabía que con su amigo, casi tan introvertido como su marido, era tarea difícil ayudarle.

—Tomás —dijo al cabo de un rato—, ¿marcha todo bien?

Él la miró de nuevo. Se conocían desde hacía quince años, antes incluso de que su esposa apareciera caminando por aquel mismo parque, por lo que sabía que la pregunta era retórica, pero encerraba mucho más.

—Ni siquiera marcha —dijo al fin—. No estoy muy seguro de cuál debe ser el próximo paso. Ella no me quiere ver y yo apenas la reconozco. Muchas noches me despierto pensando que todo ha terminado, para al instante tomar la más firme decisión de luchar para recuperarla. Pero… ¿recuperar a quién?

—Está muy cambiada.

—Simplemente es otra persona —suspiró, un gesto lleno de dolor—. Alguien distinto de quien me enamoré.

—No me gustaría estar en tu pellejo.

—A mí tampoco.

Un nuevo silencio cargado de emociones. A Virginia no le pasó desapercibido que cuando llegaron al viejo banco de madera Tomás apartó la mirada y giró en otra dirección. Ahí era donde le había pedido a su esposa que se casara con él.

—¿Quieres que hable con ella? —le preguntó.

—No. No servirá de nada. Ella ha tomado una determinación y yo… bueno, lo que hice es algo con lo que me corresponde cargar a mí.

—Pero... —intentó ayudarle a apartar aquella culpa.

—Prometí que no interferiría en su nueva vida ni en su felicidad. Y no pienso hacerlo.

—No es justo.

—No he dicho que lo fuera, pero es necesario.

Lo conocía, y sabía que cuando tomaba una determinación no había manera de volver atrás. Aunque esta fuera tan estúpida como la que había decidido.

—A veces no te entiendo —dijo Virginia a modo de protesta.

—Yo tampoco me comprendo a mí mismo, pero qué le vamos a hacer.

Ya había poco más que hablar. Su frente había adquirido aquella expresión seria, contraída, que tan bien conocía. Una expresión que indicaba que todo estaba ya dicho.

—¿Comerás con nosotros este sábado? —preguntó Virginia más para que él comprendiera que vibraba en la misma cuerda que por otra cosa.

—Aún no lo sé —miró el reloj. Era tarde—. Ahora debo marcharme o llegaré el último a la consulta. Gracias por el café.

Le dio un beso en la mejilla y empezó a alejarse.

—Tomás... —lo detuvo ella antes de que fuera tarde.

—¿Sí?

—Nada... solo... —era odioso que todo resultara así de complicado—. ¿Qué hago si vuelvo a encontrármela?

Él se humedeció los labios. Les había pedido a sus amigos, a su entorno, algo muy difícil, y empezaba a comprender que también muy injusto.

—Actúa como si no os conocierais —dijo tras otro largo suspiro—. Es lo mejor.

—¿Después de haber pasado juntas, como las mejores amigas, media vida?

Tomás se pasó la mano por la cabeza. Él había creado una existencia en torno a su mujer y sin embargo estaba actuando como si fuera una desconocida.

—Me has preguntado, y ese es mi consejo —dijo más seco de lo que pretendía—. Lo que hagas es asunto tuyo.

Virginia asintió. Tenía razón. Era asunto suyo.

—Cuídate —se despidió.

Él le guiñó un ojo.

—Sigue tan preciosa.

Lo vio alejarse por el sendero de baldosas amarillas mientras pensaba en lo injusto de todo aquello, de la vida, y en cómo, de qué endiablada manera, ella podía ayudar a mejorarlo.

Capítulo 23

Celeste le había pedido que la acompañara a la estación.

En los últimos días veía a Elena más distraída que de costumbre. En más de una ocasión la había encontrado con la mirada perdida al frente, mientras estaban en mitad de una conversación o en medio de la película que habían alquilado para ver juntas. Sabía que algo le ocurría, pero ignoraba qué era. Cuando su amiga y vecina le había contestado que la llevaría encantada le pareció una buena oportunidad. Podrían hablar de trapos, ella quejarse de que ya no había hombres y Elena contarle sus nuevas ideas de decoración sin una película de por medio. Y quizá, en medio de todo eso, se enterara de qué le ocurría.

Era sábado por la mañana, Elena no tenía nada que hacer y el tren no salía hasta las once. Les había dado tiempo a desayunar en un bar con fama de poner las mejores tostadas de la ciudad, un pequeño garito a un tiro de piedra del andén. Ahora esperaban a que el tren apareciera y Celeste pudiera empezar aquella semana de vacaciones que se había pedido a mitad de curso con la excusa de hacer un curso de idiomas.

—¿Crees que tendrás suficiente?

Comentó Elena señalando las dos enormes maletas que llevaba Celeste, como si se marchara al fin del mundo, y que pesaban un quintal.

—Muy graciosa —dijo la otra siguiéndole la broma—. Si supieras el frío que hace en Ámsterdam en el mes de noviembre no lo dirías.

Allí también hacía frío, aunque se había levantado un día transparente, un perfecto día de otoño lleno de luz.

—Te voy a echar de menos —le dijo Elena. Era su única amiga, y también la única persona que se preocupaba por ella.

—Solo siete días —le contestó Celeste, dándole un golpecito en la rodilla—. Siete días de frío glacial y de rubios despampanantes. Ese es mi sacrificio —le guiñó un ojo—. Además, te traeré un regalo.

—No tienes que hacerlo.

—Claro que no, pero me apetece. ¿Qué vas a hacer hoy?

Celeste llevaba meses planeando aquel viaje, pero no podía dejar de tener una sensación extraña por dejar a Elena sola. Bueno, en verdad no lo estaría. Sabía que en las sombras la cuidaban para que nada pudiera ocurrirle, pero esa era la impresión que su amiga tendría cuando ella se marchara.

—Traigo la cámara —dijo Elena tras un instante, otro de esos momentos donde su mente se desplazaba hasta un sitio remoto—. Daré un paseo por los alrededores de la estación. Son lugares especiales. Algo se me ocurrirá.

Ese día Elena estaba especialmente triste. Había intentado disimularlo durante toda la mañana. Se habían reído como colegialas mientras desayunaban, mientras conducían, pero el fondo de amargura estaba ahí, y hoy había salido a flor de piel.

—¿Te encuentras bien? —se atrevió a preguntar su amiga, a sabiendas de que no debía hacerlo—. Últimamente…

Elena se mordió el labio inferior mientras la miraba con incertidumbre.

—Quizá no he sido sincera contigo —contestó sin dejarla terminar.

Celeste sabía que no era un buen camino aquel que empezaba a transitar. Había prometido que se mantendría al margen, sin embargo… El tren se vislumbró a lo lejos. Estaría allí enseguida y no solía detenerse demasiado en la estación.

—¡Vaya! —dijo con una sonrisa—, pues si has decidido contarme algo importante tienes diez minutos antes de que el tren se marche, o deberemos dejarlo para mi vuelta.

Una vez abierta la caja de Pandora era difícil de cerrar. Elena lo dudó antes de continuar. Si no se lo contaba ahora, quizá a la vuelta ya no habría nada que decir.

—Pasó algo hace unos meses y... bueno, todo cambió.

—No tienes que explicarme nada. El pasado es pasado.

—Disculpa que no sea muy explícita, pero aún me cuesta hablar de ello.

—Elena, no tienes que hacerlo —insistió su amiga.

No tenía que hacerlo pero quería. Hasta aquel momento, que recordara, no había sido muy partidaria de solicitar consejos. Pero ahora los necesitaba de verdad.

—De alguna manera me he propuesto ponerme bien —dijo intentando buscar las palabras adecuadas—, construir una nueva vida y seguir adelante, pero...

—¿Pero?

—Hay dos hombres.

Su amiga la miró sorprendida.

—¡Vaya! Yo tengo problemas para encontrar uno solo y tú los tienes a pares. Solo sabía lo de tu doctor.

Elena no le hizo caso a su comentario, aunque no pudo evitar sonreír.

—Él es el primero.... —prosiguió—, bueno, es el que viste salir de mi casa el otro día.

Por algún motivo su amiga se puso seria.

—Sí, lo vi —le dijo si apartar la mirada de sus ojos, intentando comprender qué le estaba diciendo.

—Él es especial. Guapo. Magnético. Perfecto.

—¿Y cuál es el problema?

—No está disponible.

Celeste arrugó las cejas.

—¿Seguro?

—Me lo dijo en la primera cita —le contestó Elena—. En cualquier otro momento de mi vida supongo que me hubiera dado igual, pero ahora... no puedo empezar de nuevo dando pasos en falso. Y menos metiéndome en medio de un divorcio.

Celeste se removió en el banco de espera del arcén. El tren acababa de estacionar frente a ellas y los pasajeros ya embarcaban.

—¿Un divorcio? ¿Seguro? ¿Y qué piensa él? —le preguntó extrañada.

Difícil cadena de preguntas. A veces tenía la impresión de que Tomás estaba loco por ella, y otras de que jamás olvidaría a su esposa. Y detrás de todo aquello basculaba la idea de que podían ser solo espejismos suyos, y que el buen doctor simplemente estaba siendo amable con ella.

—Demasiado a menudo tengo la impresión de que soy un experimento —le confesó a Celeste. Me trata con excesivo cuidado.

—Es tu médico —resaltó lo evidente.

—Sí, pero no solo es eso. El mismo sentimiento que me arrastra hacia él me dice que vaya con cautela.

No era conveniente ahondar más en aquel asunto, pensó Celeste.

—¿Y el otro?

Elena se encogió de hombros.

—Es mi profesor de fotografía. Divertido, espontáneo y quizá algo canalla. Es bastante más joven que yo, lo que me hace sentir como una abuela. También es un tipo guapo, aunque no tiene el magnetismo de mi doctor.

—¿Y qué sientes por este?

Otra pregunta que no había sido capaz de contestarse. Con Alejo era diferente. No había aquel cosquilleo en la nuca que aparecía cuando Tomás hacía acto de presencia. Ni aquella presencia constante en su cabeza. Sin embargo...

—Siento que con él podría funcionar.

Celeste asintió, a pesar de que si no se montaba en el tren este se marcharía sin ella y no llegaría a tiempo de coger el avión.

—Y ahora la pregunta clave —dijo su amiga con cuidado—. ¿Qué quieres de mí? Porque el tren está a punto de partir.

Ahora Elena no lo dudó. Era lo que había querido preguntar desde el principio.

—¿Qué harías tú?

Celeste lanzó un soplido.

—Soy mala para dar cualquier tipo de consejo. Y menos en una materia amorosa tan delicada.

—Que me lo des no significa que lo vaya a seguir. Así que suéltalo sin miedo.

Celeste suspiró hondo y cerró los ojos un par de segundos. Se estaba metiendo en camisa de once varas y aquella sensación no le agradaba.

—Déjate llevar por tu instinto —dijo al fin—. En los asuntos del corazón la cabeza es mala consejera. Yo siempre calculo si el tipo de hombre que me gusta es el mismo que me conviene, y ya ves cómo me ha ido. Mi conclusión es que el instinto es mejor consejero que la razón en estas lides. No he visto jamás a tu profesor, pero sí a Tomás. Es un hombre a tener en cuenta.

—No recordaba haberte dicho cómo se llamaba.

—Fue ayer, cuando me contaste que tenías cita con el médico —se puso de pie. Debía marcharse ya a pesar de que no le apetecía dejarla sola—. Da una oportunidad al destino. Simplemente no levantes barreras cuando lo que quieres es una vida sin ellas.

Elena la acompañó hasta que subió al tren y la ayudó con las maletas, mientras meditaba sobre lo que su amiga le había dicho. Celeste acomodó las maletas, pero no hizo por buscar su asiento. Permaneció en la puerta, mientras Elena seguía en el arcén.

—Ahora me siento fatal marchándome —dijo con un mohín de disgusto.

—No soy una niña, sabré cuidarme —le contestó con una sonrisa—. Tú solo preocúpate de pasarlo bien.

Su amiga bajó un instante para darle un nuevo abrazo y subió de nuevo de un par de saltos.

—De acuerdo, me lo pasaré bien —le dijo mientras sonaba el silbato que anunciaba la partida—, pero hazme un favor, no contrates a nadie mientras yo estoy fuera.

Elena la miró extrañada.

—¿Por qué?

La otra se encogió de hombros.

—Tu médico y tu profesor de fotografía —hizo un gesto significativo con los dedos—. Si contratas a un fontanero habrá tres en liza.

A pesar de no encontrarse bien, Elena soltó una carcajada.

—Vete ya, eres terrible.

Las puertas se cerraron automáticamente y el tren se puso en marcha. Pero Celeste aún no había terminado, y buscó una ventanilla abierta por la que gritar sus últimas palabras.

—Te llamaré —dijo a voz en cuello.

—Olvídate de mí —le respondió desde el arcén Elena, intentando que su amiga no se preocupara—. Olvídate de todo esto y disfruta.

El tren aceleraba, y Elena tuvo que ir detrás

porque su amiga había sacado la cabeza por la ventanilla.

—Llámame si pasa cualquier cosa —volvió a gritar—, y si te decides por uno de los dos, dame el teléfono del otro, seguro que necesita consuelo.

De nuevo Elena soltó una carcajada y se detuvo con el corazón acelerado por el esfuerzo.

—Parecemos dos enamorados en una película de los años cincuenta —dijo Celeste mientras se alejaba.

—Espero una crónica pormenorizada a tu vuelta —fue lo último que gritó Elena, despidiéndose con la mano, mientras el tren se perdía en la distancia y ella se sentía aún más confundida y desamparada que antes.

Capítulo 24

«Un último paciente y al fin a casa», pensó Tomás.

Necesitaba detener esa cabeza que era un torbellino. Descansar. Quitarse de en medio. Se había pedido unos días libres, pero faltaba personal en la clínica y su supervisor le había rogado que aguardara hasta la próxima semana, hasta que la epidemia de gripe remitiera y su compañero volviera al trabajo. Así que para colmo no solo estaba atendiendo a sus propios pacientes, sino que debía echar horas extras para ver a los del otro médico.

Era tarde. Fuera la noche había caído acompañada de más lluvia y de un cielo tan nublado que parecía evanescente. Tomás había salido a estirar las piernas y a tomar un poco de aire en los quince minutos de regalo por la ausencia de un paciente.

Cuando volvió las luces estaban apagadas a excepción de la lamparita del mostrador.

—¿Le subo algo de comer, doctor?

Le preguntó la enfermera. Tampoco era la suya. La gripe también la había atacado y el gerente había optado por traer a una de las residentes de *cardio*.

—No, gracias —contestó él intentando ser amable—. Aguantaré hasta llegar a casa. ¿Está ya dentro el último paciente?

—Sí, doctor. Y si no me necesita...

—Váyase, por supuesto. No me había dado cuenta de la hora que es. Yo apagaré el ordenador.

La chica se lo agradeció con una sonrisa, y Tomás se sintió un poco mejor.

La tarde había dado paso a la noche y ya eran pocos los que quedaban en el edificio. De hecho él debía haber terminado hacía siglos. Miró alrededor mientras la enfermera recogía sus cosas. Un mostrador, una sala de espera y dos consultas. La suya estaba cerrada desde el mediodía. Había optado por pasar las últimas visitas, las que no correspondían a sus pacientes, en la de su compañero. En parte por romper la rutina y en parte para que aquellas personas que acudían angustiadas por su enfermedad no sufrieran el doble trastorno de que les atendiera otro médico y en un sitio desconocido.

La chica se despidió con otra sonrisa y Tomás permaneció observando cómo desaparecía por el fondo del corredor. A su alrededor las luces estaban apagadas. Solo aquella parte del edificio permanecía habitada, aunque había adquirido un aspecto mortecino.

«Uno más y a casa», dijo de nuevo para sí.

Se abrochó la bata y entró en la consulta. No tenía nada que ver con la suya. El espacio era el mismo, los mismos metros cuadrados y las mismas paredes pintadas de blanco, pero esa era la única similitud. Mientras que Tomás se había esforzado porque la suya transmitiera confianza y calidez a unos pacientes que necesitaban en su mayoría sentirse cómodos, aquella era de lo más convencional. Incluso el olor a desinfectante decía que se encontraban en una clínica y no sucedería nada extraordinario.

Su paciente ya estaba allí, aunque permanecía de espaldas a la puerta, sentada en la única silla desnuda frente a la mesa.

—Siento haberme retrasado unos minutos, he...

No dijo nada más porque acababa de reconocer a quien tenía delante. Elena.

Ella se volvió y lo observó con la misma cara de ojos sorprendidos con que él lo estaba haciendo.

—Pensé que... —intentó ella excusarse.

—Esperabas a otro doctor —confirmó él la evidencia.

Ya se lo habían notificado. Elena no había perdido el tiempo y al día siguiente de su último encuentro había arreglado los papeles para ser atendida por otro especialista.

—Seguí tu consejo —dijo Elena, intentando que él no percibiera cómo le afectaba su presencia, cómo volvía a sentir aquel hormigueo en la nuca y en la palma de las manos.

Tomás se dio cuenta del error. El nuevo médico de Elena era su vecino de consulta, el mismo que él estaba sustituyendo estos últimos días. Verla siempre era un acontecimiento, pero hacerlo sin esperarlo casi lo había dejado en *shock*.

—Ha sido un malentendido, lo siento. La gripe... —intentó excusarse—, ya sabes. Estoy atendiendo yo a sus pacientes, con la mala fortuna...

Elena sonrió sin pretenderlo al ver su confusión. Tomás seguía con aquel gesto adusto y serio que tanto le atraía, aunque la sorpresa había teñido ligeramente de rojo sus mejillas.

—No pasa nada —le quitó ella importancia.

—No he leído la lista de pacientes —insistió él, para dejar claro que no había tenido responsabilidad en aquel encuentro—. No sabía que eras tú. Puedo pedir que te busquen el primer hueco libre cuando el doctor se encuentre mejor. Quizá la semana que viene.

—No es necesario, Tomás —volvió a decir ella. Estaba allí y marcharse sería estúpido. Los dos eran adultos y sabrían llevar aquella situación como adultos—. ¿Quieres que me siente en la camilla?

Él titubeó una vez más y ella confirmó de nuevo cuánto le gustaba. Al final Tomás llegó a la misma conclusión, lo mejor era comportarse como si nada y dar muestras de su profesionalidad.

—Sí, por favor —dijo señalando la aséptica camilla—, y desabróchate la blusa.

Ella obedeció y apartó la vista de sus ojos para enfrentarse a la tarea de abrir los botones. Tomás tragó saliva mientras seguía, hipnotizado, el recorrido de sus dedos. Intentó pensar en los informes que había sobre la mesa. Aquella carpeta que ni siquiera había ojeado contendría los últimos electros y placas de Elena. Pensar en el trabajo lo calmó un poco, pero cuando ella terminó y la blusa estuvo abierta hasta abajo, percibió el volumen de su pecho, y tuvo que volver a tragar saliva para no ahogarse.

Intentó ser profesional y se colocó el estetoscopio. Antes de reconocerla le hizo las preguntas pertinentes.

—¿Cómo te encuentras?

Ella dudó en contestar. ¿Le decía que confundida porque no sabía ponerle nombre a lo que sentía por él? ¿Qué dudaba si quería intentarlo con Alejo? Prefirió ser más indefinida.

—Un poco más nerviosa —le contestó—. Un poco más confundida, pero creo que no tiene que ver con mi enfermedad.

—¿Tienes apetito?

—Sí.
—¿Dolores de cabeza?
—No.

Lo anotó todo en su libreta para pasarlo más tarde al ordenador.

—Tengo que comprobar qué tal están tu corazón y tus pulmones —señaló el estetoscopio—. Estará frío.

—No te preocupes.

Aun así él soltó una bocanada de vaho sobre la membrana del diafragma para calentarlo. Al verlo ella sintió un ligero escozor recorriéndole la espalda, y cuando la campana se posó sobre su pecho, aquel cosquilleo bajó por su pecho hasta la intimidad.

Tomás intentaba no fijarse más allá de donde debía, sin embargo, al ir cambiando de sitio el estetoscopio iba apareciendo y desapareciendo el cuerpo desnudo de Elena debajo de la blusa. Por un par de veces tuvo que hacer un esfuerzo enorme para no quedarse obnubilado con la visión de sus senos. Cuando puso el aparato en el costado, su dedo, por voluntad propia, rozó su cuerpo justo en la arruga donde la piel del torso se convertía en un pecho redondo y perfecto. Él sintió que aquel leve contacto le excitaba, tanto que temió que ella se diera cuenta. Por su parte Elena notó cómo el tacto le quemaba en aquel punto concreto, y tuvo que cerrar los labios para no jadear.

Él dio por terminada aquella parte del reconocimiento.

—Levántate la falda —dijo a continuación, sintiendo que se ruborizaba al instante—. Necesito tus rodillas.

Ella obedeció de nuevo.

Durante todo este tiempo, Tomás no la había mirado a los ojos ni una sola vez, pero Elena no apartaba los suyos de sus pupilas. Intuía lo que estaba pasando por su mente, y veía claramente, muy claramente, que estaba excitado. Aquella confirmación hizo que un nuevo ramalazo de deseo le recorriera el cuerpo.

Se había subido la falda hasta medio muslo, más de lo que era necesario, para comprobar el reflejo de sus rodillas. Una falda amplia, de aire *hippie*, que no necesitaba mucho para volar. Él estaba inclinado, concentrado en su trabajo, golpeando con un martillo sus articulaciones. Elena se preguntó qué visión de su cuerpo tendría desde allá abajo. Con la blusa abierta y la falda levantada.

—¿Es grave esto de la gripe? —dijo ella, sacando a Tomás de su concentración... profesional.

—Un pequeño caos —contestó él tras carraspear—, y sí, es grave para los grupos de riesgo. Tú no debes preocuparte. ¿Tienes algún síntoma? No he notado nada en tus pulmones. Tampoco fiebre.

Ella se humedeció los labios y él tuvo que apartar la mirada.

—Llevo un par de días tosiendo.

Tomás arrugó la frente y tragó saliva de nuevo.

—Te echaré otro vistazo —dijo colocándose a su espalda—. ¿Puedes bajar o subir la blusa?

Ella simplemente se la quitó.

Desde atrás Tomás contempló su espalda desnuda, una visión que lo paralizó. Se pasó una mano por los labios, intentando contener lo que sentía. De nuevo usó el estetoscopio. Pero esta vez fue más despacio. Rozando la piel desnuda a cada paso. Cuando auscultó el costado se detuvo mientras su pulgar rozaba ligeramente el pecho de Elena. Incluso ejerció cierta presión para comprobar su consistencia. Algo muy sutil pero que consiguió excitarlo tanto que temió que ella se diera la vuelta y viera en el estado en que se encontraba.

—Parece que todo está bien —dijo al fin con voz rasposa.

Elena volvió la cabeza para mirarlo a los ojos. Tomás reconoció que eran el espectáculo más hermoso de la naturaleza. Una mano, alargar una mano y poder tocarla. Solo por eso lo daría todo.

—¿El deseo es un síntoma de mi enfermedad? —dijo ella con una voz cargada de sensualidad.

Él volvió a tragar saliva.

—No estás enferma, y lo sabes.

—¿Entonces por qué quiero que sigas auscultándome?

Su autocontrol tenía un límite y acababa de desaparecer.

Tomás fue hasta ella y la asió por la nuca para poder besarla. Con furia, con rabia, con pasión contenida y explotada. Ella intentó resistirse, llevar la iniciativa, pero no era tan fácil. Tomás era más fuerte y más decidido. Cuando la besó su barba le raspó los labios, lo que le provocó aún más placer. Fue un beso húmedo, largo y agónico. Deshecho con el ritmo de sus lenguas entrelazadas, mientras él se apretaba en el hueco de sus piernas, sintiendo el calor a través de la tela del pantalón.

Ella le arrancó la bata y él le quitó de un manotazo la falda.

Se apartó un instante para observarla, pero tuvo que volver enseguida hasta sus labios porque temía llegar al fin en cualquier instante si su excitación seguía en aumento. Sin dejar de besarla se deshizo de la corbata, y ella trasteó con los botones de la camisa hasta que consiguió quitársela. Elena acarició su pecho. Era duro, con los músculos marcados, y salpicado de un suave vello oscuro. Lo acarició con ansia, con un deseo que iba más allá de la piel. Se detuvo en sus pezones y cuando jugó con ellos él soltó un gemido sobre sus labios. Satisfecha investigó un poco más allá, hasta llegar a sus pantalones. Comprobar aquel estado palpitante la llenó de urgencia. Quiso desabrocharle el cinturón pero él le detuvo la mano.

—Espera, o me voy a ir sin hacer lo que deseo desde que te he visto esta noche.

Le dio un beso en los labios y se puso de rodillas. Ella soltó un gemido cuando imaginó lo que pensaba hacer. No le quitó la braguita. Primero pasó la lengua por la tela, como si chupara un helado de musgo, y después jugueteó un rato con los bordes de la prenda. Cuando ella soltó un suspiro agónico apartó el tejido y se sumergió de lleno en su sexo. Su lengua recorrió el perímetro, se introdujo en cada pliegue, en cada recoveco, hasta centrarse en la parte más alta y más sabrosa.

Elena suspiraba, apretando las piernas para después separarlas. No supo cuánto tiempo después él regresó. Lo vio exhausto de deseo, enrojecido. Trasteó con el cinturón y ella lo ayudó. Apartó los pantalones de una patada y se quitó los *slips* de un manotazo. Ya lo había intuido a través de la ropa, pero cuando Elena lo vio en toda su excitación temió por un momento que pudiera hacerle daño.

Él se acercó para volver a sus labios, mientras con una mano le arrancaba las braguitas. Cuando Elena sintió el miembro de Tomás pegado a su vagina movió con cuidado las caderas para acoplarse aún más. Era una sensación tan dulce, tan deliciosa, que creyó que no era posible más placer, pero estaba equivocada.

Con una pericia que lo decía todo, su amante buscó la abertura y entró despacio. Ella respingó, presa de deseo y de temor, pero cuando estuvo dentro se dio cuenta de que el acople era completo. Como si su interior hubiera estado diseñado precisamente para aquel momento.

Él gimió sobre sus labios, lo que la excitó aún más, y empezó a moverse de forma lenta y acompasada, para que cada fibra lograra la elasticidad necesaria. Boca con boca, suspiro contra suspiro, pasaron los minutos entre dos mentes nubladas por el sexo. La sala desapareció, el tiempo desapareció y ellos mismos se licuaron el uno en el otro, pendientes solo del placer que estaban proporcionando a su amante.

Tomás aceleró su ritmo, sujetando sus nalgas para pegarla aún más a sus caderas. A ella se le escapó un grito de goce, y cuando su amante la elevó para arrastrarla contra la pared, ella comprendió que estaba tan adentro que era imposible sentir más placer. Anudada a su cintura, se contorsionaba a la vez que él envestía cada vez con más fuerza.

Ella no supo contar cuántos, pero él sí se deshizo en un suspiro largo, desmayado sobre su boca, mientras se apoyaba frente con frente y permanecía por unos minutos dentro de ella, sin hablar, sin apenas respirar, aunque la explosión de placer ya había pasado.

La besó de nuevo antes de salir. Estaba agotado, rendido, pero feliz.

Elena por su parte se encontraba desmadejada, como si cada articulación se hubiera dislocado.

Él se pasó una mano por la frente y buscó su ropa interior. Ella a su vez hizo lo mismo. Las braguitas estaban empapadas. Se ajustó la falda y empezó a abrocharse la blusa.

Tomás no dejaba de mirarla. Tenía las mejillas llenas de color y su gesto adusto estaba relajado. No podía decir que una sonrisa le había transformado el rostro, pero sí que aquella seriedad se había disipado.

—¿Qué vamos a hacer? —preguntó ella cuando estuvo de nuevo vestida.

—Lo que tú desees —le contestó él anudándose de forma desastrosa el nudo de la corbata.

Aquella respuesta no la satisfizo. Acababa de entregarse a él. No quería una recompensa, pero sí una respuesta concreta de qué debía suceder de ahora en adelante.

—¿Qué quieres tú, Tomás? ¿Qué quieres de mí?

Él la miró a los ojos y tragó saliva.

—Quiero que seas feliz por encima de todas las cosas.

Aquella indefinición la sacó de quicio.

—Eso es echar balones fuera.

Él anduvo hasta donde estaba e intentó acariciarle la mejilla pero Elena apartó la cara.

—No lo comprendes, Elena —dijo al fin, desistiendo de su empeño—. He cometido muchos errores en mi vida y me prometí que contigo no volvería a suceder.

—¿Pero... y si yo quiero que vuelvas a cometerlos?

—No sabes lo que dices.

—Estoy aquí. No nos somos indiferentes y ninguno de los dos ha dudado a la hora de hacernos el amor. Dame una explicación sobre qué debo esperar de ti.

Él se apartó. Paseó por la habitación como un tigre enjaulado. Se tapó la cara con las manos. Cuando volvió a mirarla ella vio el sufrimiento que empañaba sus ojos.

—De mí puedes esperar toda la libertad que necesites.

—Eso ya lo tengo —contestó enfadada.

Él abrió las manos, en un gesto que lo decía todo.

—No te conozco. No sé si eres la persona que llegaré a amar.

Volvía a ser franco con ella, pero en aquel momento no le gustó. Se había dejado llevar por sus deseos, algo que no quería hacer, pero esperaba que si él había sentido lo mismo que ella mientras hacían el amor...

—¿Y no piensas arriesgarte? —le preguntó muy seria.

—Aunque sea algo impreciso —dijo mientras se pasaba la mano por la rapada cabeza—, sigo enamorado de mi mujer.

Ella lo encajó con una punzada de dolor. Se daba cuenta de que aquel hombre significaba para ella mucho más de lo que quería reconocer. Pero ya estaba todo dicho. Por tercera vez estaba todo dicho. ¿Cuántas veces más tenía que intentarlo para darse cuenta?

Se colocó el abrigo que colgaba del perchero, junto a la puerta.

—Eso es una respuesta —dijo cuando había pasado tanto tiempo que Tomás tuvo que pensar en cuál había sido la pregunta—. Gracias por ser sincero.

—Elena, no lo entiendes, no...

Pero Elena ya había abierto la puerta y él sabía que pensaba cerrarla para siempre.

—Espero que ella vuelva —dijo antes de marcharse—, y si no es así. Espero que sepas olvidarla.

Elena desapareció de su vista y él sintió tal amargura que por un momento pensó que terminaría por ahogarlo.

Capítulo 25

Lo tenía decidido.
No la iba a dejar escapar.
Tomás había permanecido en el mismo sitio donde Elena lo dejó. De pie, en medio de una consulta ajena, con la corbata mal anudada y la bata aún tirada al pie de la camilla. Simplemente no supo qué hacer. La mujer que amaba, la mujer desconocida acababa de marcharse después de hacer el amor. Después de que él le dijera que aún quería a…

Permanecía el olor de su piel pegado a los labios, el sabor de su cuerpo prendido de su lengua y el calor de su tacto en cada fibra de su piel. Todo era tan familiar y a la vez inexplorado que su cabeza era un mar de deseo y de dudas.

Poco a poco sus pensamientos se fueron ordenando, quizá porque la fatiga y el placer del sexo se habían ido licuando, dejando paso a su verdadero yo. ¿Qué estaba haciendo? ¿Cómo se estaba comportando? Daba igual quién fuera Elena, lo importante era que si ahora se retiraba, ahora que ella le había demostrado que le importaba, nunca descubriría si podrían llegar a ser algo más que una esperanza de tiempos felices.

De unas pocas zancadas se plantó en su propia consulta y tomó el abrigo. Debía ir a por ella, encontrarla y empezar de nuevo. Como si aquellos meses no hubieran existido y en verdad no fueran más que dos desconocidos.

Apagó las luces y el ordenador, y abandonó el edificio. Estaba tan concentrado en lo que tenía que hacer que ni reparó en el saludo del guarda de seguridad. Su coche estaba en la plaza reservada, junto a la entrada. Se sentó al volante y lo puso en marcha. Tenía claro dónde la buscaría en primer lugar. En su casa. Y si Elena no estuviera allí, la seguiría por toda la ciudad. Hasta el amanecer. Tantos amaneceres como fueran necesarios.

Mientras conducía no pudo evitar rememorar la escena de hacía unos minutos, apenas media hora. Cuando ella se había quitado la blusa y sus dedos habían decidido recorrer su cuerpo. Sabía que tendría sueños húmedos de ahora en adelante recordando cada instante vivido, pegado a su cuerpo. Se relamió los labios sin darse cuenta mientras su mente se embarcaba en desmenuzar cada segundo, cada segmento de placer con sus preámbulos y consecuencias.

Un coche pasó a su lado y tocó el claxon. Solo entonces se dio cuenta Tomás de que estaba con medio vehículo metido en el otro carril. Enderezó el coche e intentó centrarse en la conducción. En lo único importante. En encontrarla. Ya estaba cerca de su casa. Un par de manzanas más y quizá...

Sonó el teléfono en el momento más inoportuno. Era Virginia. No solo su nombre aparecía en la pantalla sino que aquella melodía de los Beatles era su preferida. Dudó si cogerlo. Por un lado temía que lo entretuviera, pero por otro sabía que si no la atendía no dejaría de insistir hasta hablar con él. Le dio a aceptar y pulso el manos libres.

—Te he llamado a la consulta, pero no había nadie —sonó al otro lado en una comunicación llena de interferencias.

—Acabo de terminar. Ha fallado un paciente, aun así ha sido turno doble. ¿Todo bien?

—¿Qué tal tú?

Lo mejor era tranquilizarla y terminar cuanto antes.

—Muy bien. Ahora me coges un poco liado. Estoy conduciendo. Podemos hablar mañana.

—Claro. Simplemente quería comentarte algo —su voz parecía diferente, ligeramente vacilante, algo inusual en ella—. ¿Seguro que estás bien?

Tomás empezó a preocuparse. Si algo caracterizaba a su amiga era que sabía ser directa.

—¿Qué sucede? —le preguntó, sin poder evitar que su frente se arrugara en un rictus de inquietud.

Virginia tardó en contestar, lo que aún lo alarmó más.

—¿Puedes estacionar por ahí cerca?

—Claro que no —contestó exasperado—. Suéltalo de una vez.

Una nueva vacilación. La puta electricidad estática hacía de las suyas y la comunicación sonaba como si ella hablara desde Marte.

—Verás —comentó Virginia tras un titubeo—, me he saltado algunas de tus reglas y he hecho algunas llamadas inoportunas.

Él soltó un soplido. Era algo que le había pedido a todos sus amigos y conocidos. La mayoría le dijeron que estaba loco, pero al fin y al cabo él era una eminencia en su trabajo y accedieron aun sin comprenderlo. Y ahora quien se lo saltaba era su mejor amiga...

—Virginia, te lo pedí por favor, y tú me lo prometiste.

—Es fácil prometer cuando no sabes las consecuencias —se defendió ella—. Y tú no te ves a ti mismo en el estado en que todo esto te está dejando.

—No empecemos de nuevo —la misma cantinela de siempre—. ¿Qué has hecho?

Si hasta ese momento Tomás no se lo había tomado muy bien, la mujer de Julio sabía que cuando se lo contara todo se enfadaría de verdad.

—He hablado con Celeste —soltó sin más adornos.

—Joder.

No esperó a que la maldijera y se deshizo en excusas.

—Lo medité mucho antes de hacerlo, y ella me ha prometido que no va a decir nada. Además, está fuera del país hasta el próximo viernes.

—No sé si quiero oír lo que tengas que decirme.

—Me temo que sí porque es importante.

Le entraron ganas de colgar. A un par de manzanas estaba el edificio donde vivía Elena. Fuera lo que fuera lo que tuviera que contarle Virginia era una mala noticia. Si no, hubiera sido tan directa como siempre. Acercó el dedo a la pantalla, pero en el último momento decidió que era mejor saberlo todo antes de enfrentarse a Elena dentro de unos minutos.

—Suéltalo y terminemos con esto cuanto antes.

Esta vez ella no titubeó.

—Hay otro hombre.

—¿Cómo?

Lo escuchó perfectamente, pero su cabeza tardó en asimilarlo.

Había supuesto muchas cosas. Había elucubrado sobre mil formas en las que ella se alejaría de él para siempre, pero una de ellas no era descubrir que estaba con otro en el momento exacto en que decidía que quería compartir una nueva vida con ella.

—Se llama Alejo —prosiguió Virginia—. Es su profesor de fotografía. Entre ellos hay una amistad... íntima.

—No puede ser.

—Pues lo es. Ella ha pasado alguna noche allí, y todo indica que tienen una relación.

Aquello parecía una pesadilla. No debía haber atendido aquella llamada. Pero si no lo hubiera hecho... ¿Qué sucedería cuando se enfrentara a Elena, le abriera el corazón y le pidiera empezar de nuevo?

—Pero hoy. Ella y yo...

—Creí que era importante que lo supieras. Como dijiste al principio de todo esto, ella puede decidir que no le importas.

Sus propias palabras, que ahora tenía que tragarse regadas de hiel. La casa de Elena estaba allí mismo. Miró hacia arriba y vio la luz encendida de su dormitorio.

—¿Qué dice Julio de todo esto?

Ella suspiró.

—Lo mismo que yo. Que quizá ha llegado el momento de olvidarla.

Le dolió escucharlo de alguien a quien quería.

—¿Eso es también lo que tú opinas?

—Nada me gustaría más que verte junto a Elena, pero estoy asistiendo al estrago que todo este asunto enloquecido está produciendo en ti, y no creo que sirva para otra cosa que para causar tu destrucción.

Estaba claro que no había nada más que decir. Cuando todo empezó se había prometido a sí mismo que no interferiría en su libertad, y mucho menos en su felicidad.

—Bien —dijo intentando que su desesperanza no se trasluciera en su voz—, gracias por decírmelo.

—¿Estás bien?

—Perfectamente.

—¿Y qué harás?

El edificio de Elena estaba allí mismo. Ante sus ojos. La mujer que amaba, la desconocida que jamás sabría si llegaría a amar estaba allí mismo, a la distancia de un beso lanzado en el aire.

—Ya se me ocurrirá algo —le dijo a su amiga antes de colgar—. Ahora... buenas noches.

Miró hacia arriba.

La casa de Elena.

La luz de su ventana seguía encendida.

Pero Tomás pasó de largo.

Capítulo 26

Alejo se estaba preparando para salir.
Últimamente intentaba pasar en su estudio el menor tiempo posible. No era algo que hiciera racionalmente, esa afirmación era el resultado de haber recapacitado sobre su vida en las últimas semanas, y en cómo buscaba cualquier excusa para largarse de allí. También tenía una teoría de cuál era el motivo, y tenía nombre de mujer.
Desde que Elena se marchó no había vuelto a saber de ella. Los primeros días la esperó con impaciencia. Se descubría mirando hacia la puerta siempre abierta, con la esperanza de que su silueta elegante y de paso ágil se perfilara como una sombra a contraluz. Pero según pasó el tiempo y ella no aparecía se vio envuelto en un halo de desesperanza y hastío que solo podía romper huyendo de allí.

Aceptaba cualquier trabajo, incluso aquellos de los que en el pasado había renegado con firmeza, cogía cualquier llamada, incluyendo la de los amigos pelmas que solían convertirse en un mensaje jamás contestado. Incluso...

Cuando miró hacia la puerta abierta el hombre estaba allí y Alejo se sobresaltó.

No reconoció su silueta. Alto, fornido y poco abrigado para ser invierno. Se giró un poco para verlo mejor. No le era familiar. Tenía cierto aspecto de detective de película de misterio. Un rostro duro, pétreo, y una mirada fría. Por su mente pasó la idea de si tendría alguna deuda pendiente que aquel tipo venía a cobrar, pero no, todas las que había adquirido estaban controladas, así que aquel individuo no venía a romperle las piernas... *a priori*.

Lo miró con más detenimiento. Los pantalones y la camisa eran de buena calidad. La corbata, a pesar de estar mal anudada y medio ladeada, también era de buena seda italiana. Y la gabardina un tanto de lo mismo. Aquel fortachón no era un cobrador. Tampoco un cliente. A esos sabía identificarlos. A pesar de su mirada fría, la transparencia de sus ojos verdosos lo tranquilizó. Transmitían confianza y también serenidad.

—¿En qué puedo ayudarte?

Alejo salió de detrás de una columna y Tomás lo estudió con detenimiento. Era más joven de lo que esperaba. También distinto a la imagen mental que se había hecho de él. Lo había imaginado, tras la descripción de Virginia, con un aire bohemio y despreocupado, pero no tan acusado. Cabello largo recogido y ropa holgada con cierto aire hindú. Tenía una mirada agradable, pero nada más. Antes de contestar, Tomás miró alrededor. Una nave convertida en vivienda y estudio. Demasiado evidente. Parecía un buen sitio aunque la puerta abierta y la falta de un buen sistema adecuado de calefacción lo convertían en un congelador.

—¿Te has perdido? —preguntó de nuevo Alejo, manteniéndose a una distancia prudencial.

El desconocido al fin lo miró a los ojos y recorrió la distancia que los separaba. Una vez más lo analizó con esmero, intentando descubrir aquello que se ocultaba detrás de su aparente indolencia, y el fotógrafo tuvo la impresión de que le robaba el alma.

—¿Qué tal se vive aquí? —preguntó Tomás, paseando la vista otra vez por aquel espacio desangelado.

—Muy bien, pero no está en venta.

El visitante pareció no escucharlo. Al fondo descubrió una mesa con un par de cámaras fotográficas, paraguas de luz y focos apagados apuntando a un punto indeterminado.

—¿Ese es el lugar donde trabajas? —preguntó.

Fue hasta allí sin esperar una invitación. Cogió una de las cámaras y cuando Alejo se dio cuenta de que era precisamente la suya fue en su busca y se la quitó de las manos con cuidado.

—Será mejor que me diga quién eres. Y, por favor, no toques nada. Todo esto es muy frágil.

—No nos conocemos.

Tomás no le prestó atención y continuó recorriendo el espacio. Ahora le tocó a la destartalada cocina. Cogió un vaso, lo olió y lo dejó de nuevo en su sitio.

—De que no nos conocemos ya me he dado cuenta —comentó Alejo sin perder detalle de cada movimiento de su extraño visitante.

Tenía un mal presentimiento y la forma de comportarse de aquel tipo solo hacía que incrementarlo. Ahora Tomás estaba al pie de las escaleras metálicas que subían a su habitación. Parecía dudar si hacerlo o no. Por algún motivo desistió, y se volvió para mirarlo a los ojos.

—Estoy aquí por Elena.

Alejo lo oyó, pero no lo escuchó. Su cerebro tardó unos instantes en procesarlo. Mientras aquel individuo hacía su inspección él seguía meditando sobre qué tipo de vínculo podría tener con aquel tipo. ¿El novio enfadado de una amante?, ¿un cliente insatisfecho?, ¿un mal recuerdo de una noche de borrachera? Lo que no había hecho en ningún momento era relacionarlo con ella.

—¿Te manda Elena?

Tomás lo señaló, lo amenazó con el dedo.

—Ni sabe que he venido ni debe saberlo en el futuro.

—¿Y qué relación tienes con ella?

—Digamos que somos buenos amigos —se encogió de hombros.

—Todo muy impreciso, así que supongo que esta conversación no me va a gustar.

—Depende de ti.

—¿Es una amenaza?

Su visitante sonrió, lo que le provocó un escalofrío. Era un tipo fuerte, y también duro. Si decidía usar los puños le daría una buena tunda.

—Yo no hago amenazas —dijo Tomás tras un silencio demasiado desasosegador—. Yo constato hechos.

Continuó paseando. Inspeccionándolo todo, lo que hizo que el nerviosismo de Alejo fuera en aumento.

—Tío —le espetó al ver que el otro no proseguía con su explicación—, será mejor que me cuentes qué quieres o que te vayas por donde has venido.

De nuevo Tomás fue hasta donde él estaba. Esta vez con las manos en los bolsillos, y lo miró de arriba abajo.

—Tú y ella estáis juntos —afirmó más que preguntó.

Era una cuestión complicada. Para él sí lo estaban aunque ignoraba qué pensaba Elena de eso en aquel momento. Prefirió arriesgarse.

—Sí.
—¿Y qué pretendes?

Aquella pregunta le hizo sonreír.

—Pareces su padre.

—Hazte a la idea de que estás hablando con él —le contestó Tomás sin pizca de humor.

Alejo sintió que se ruborizaba. Aquella era la situación más extraña de su vida. Un tipo acababa de entrar para pedirle explicaciones sobre lo que sentía por la mujer que amaba. Decidió, por el momento, ser sincero.

—La quiero.

El otro meneó la cabeza.

—Eso no es suficiente.

—No me has entendido —intentó aclararse—. La quiero de verdad. Tanto como para hacer lo necesario.

Ahora Tomás había entornado los ojos y lo miraba de una manera especial. No supo si amenazante o tranquilizadora.

—¿Conoces su color favorito —le preguntó el visitante—, dónde se van sus dedos cuando piensa, el signo inequívoco de que está preocupada?

—Amarillo. A los labios. Una mano bajo la barbilla.

Le contestó al instante. Tan rápido que casi pudo ver la decepción clavada en los ojos de aquel tipo. Sin darse cuenta, Tomás dio un paso para atrás. Seguía mortalmente serio, aunque algo había cambiado, algo que tenía que ver con la consistencia del aire.

—¿Qué planes tienes con ella? —le preguntó. Esta vez sin mirarlo a los ojos.

—No hay ninguno. Solo quiero hacerla feliz.

Ya era suficiente, pensó Tomás. No había nada más que hablar. Lo que había venido a descubrir estaba desvelado. Ya solo quedaba marcharse. Sin despedirse fue hacia la puerta. Aquella maldita persiana siempre levantada. Pensó en decirle que buscara otro sistema. Elena era friolera y se resfriaba con facilidad. Sin embargo cuando se volvió dijo algo muy diferente.

—Cuídala. Es una mujer sorprendente.

Al verlo alejarse las piezas fueron encajando en la cabeza de Alejo, y una respuesta difusa apareció como una luz en medio de la oscuridad.

—Eres su médico —le espetó antes de que desapareciera—. Me habló de ti.

Tomás se volvió. Había ansiedad en su mirada, algo desconocido hasta ese momento.

—¿Qué te dijo?

Fue cuidadoso con lo que contestaba, aunque intentó decir la verdad.

—Solo que amabas a otra.

Y era cierto. Se humedeció los labios y bajó la vista al suelo. Permaneció así un instante. Sin terminar de entrar ni de salir. Al fin alzó la vista. Alejo pensó que los ojos de aquel tipo eran deslumbrantes. Si fuera una chica se colgaría de ellos. Eran como un espejo directo a su alma.

—Le gustan las flores —dijo Tomás, aunque a nadie en concreto—. Quizá aún no. Quizá nunca lleguen a gustarle, pero le gustan las flores.

Sin más salió de allí. Estaba todo dicho. Todo había acabado.

Alejo fue tras él. Aquel hombre conocía tanto de la mujer que él amaba que no podía dejarlo marchar sin más.

—¿Cómo sabes todas esas cosas de ella? —le gritó mientras él caminaba sin detenerse—. Apenas os habéis visto unas pocas veces.

Alzó una mano, pero continuó caminando. La vista al frente. Detrás solo el pasado.

—Haz que sea feliz —dijo Tomás sin ni siquiera darse la vuelta—, si no volveré y conseguiré que tú no lo seas.

Capítulo 27

Elena encendió la luz de la ampliadora y contó los segundos. Tras la exposición pasó el papel por los diferentes baños de revelado, hasta que quedó prendido de la cuerda para terminar de secarse.

Apagó la luz roja y descorrió la cortina. Su pequeño estudio se llenó del resplandor dorado y mortecino de la tarde, pero era suficiente para poder analizar sus últimas fotografías. Había cuatro en aquel momento colgadas en medio de la habitación. Representaban una imagen cualquiera de la ciudad en un día ajetreado. Una esquina, un callejón de servicio, una plaza. El tráfico, los peatones corriendo de aquí para allá, incluso la lluvia, volviéndolo todo un poco más confuso y poco nítido. Elena había plantado su cámara sobre el trípode y había lanzado una exposición lenta, de varios minutos, para captar el resultado de la vida en la ciudad. Lo que mostraban aquellas imágenes era la estructura inamovible de la metrópolis y el rastro del ser humano convertido en breves líneas desenfocadas que lo atravesaban todo.

Era un tema que empezaba a obsesionarle. Quizá porque se daba cuenta de que aquellas carreras no llevaban a ninguna parte, solo eran una huida perenne, sin destino ni más sentido que escapar de uno mismo, precisamente lo único que en aquel momento sabía que no deseaba en su vida.

Sonó su móvil sobre la mesa de trabajo.

Era Alejo.

Dudó si debía cogerlo. No se veían desde aquella mañana, cuando despertó en su cama después de haber intentado purgar con sexo el rechazo de Tomás. Porque ahora sí lo tenía claro. Sabía lo que había hecho y por qué, lo que no la llenaba de satisfacción. Todo le llevaba a Tomás, que era precisamente el punto en que sabía que no podía estar.

Al final decidió contestar. Sería otra deslealtad no hacerlo.

—Hola.

—Hola —sonó al otro lado—. No estaba muy seguro si debía llamarte.

—¿Qué tal estás?

—Supongo que bien. Echándote de menos. ¿Y tú?

Sabía que aquella conversación vendría antes o después. Si él no la hubiera llamado lo habría hecho ella misma, aunque quizá en otro momento.

—Ya que llamas... me gustaría que nos viéramos —dijo intentando parecer segura—. A ser posible ahora. O cuando tú estés libre.

—Puedo estar en tu casa en diez minutos —contestó él al instante.

—Hay una cafetería justo enfrente. Te esperaré allí.

Él comprendió lo que eso significaba, lo que se tradujo en un breve silencio.

—De acuerdo —dijo al fin—. Salgo enseguida.

Cuando él colgó, Elena permaneció unos minutos en silencio, contemplando la pantalla apagada de su teléfono. Aún no conocía las palabras, pero sí el contenido de lo que tenía que decir.

Fue hasta el baño, se lavó las manos y la cara y se recogió el cabello en una coleta. Se miró en el espejo. Vaqueros y jersey. Una chaqueta y nada más.

La cafetería era la misma en la que había estado con Tomás. Aquella que se alzaba en la frontera de la zona del barrio que desconocía y en el que nunca se aventuraba a adentrarse. El camarero volvió a tratarla con familiaridad. Era algo que le gustaba de aquella zona de la ciudad. En el resto de ella no era más que alguien más, pero allí, a pesar de no haber estado de forma consciente más que una vez, parecía que todo el mundo la llamaba por su nombre.

Pidió algo caliente para los dos. Alejo estaba a punto de llegar. Sabía qué velocidad era capaz de alcanzar con su moto.

—Casi había olvidado lo bonita que eras —sonó una voz a su espalda.

Llevaba el mismo mono de motorista con el que se conocieron. Por supuesto que el cabello recogido, y había una sonrisa triste anclada en sus labios. Elena tuvo que reconocer que era un hombre del que cualquiera podría enamorarse. Pero el amor era caprichoso, una lección que empezaba a comprender.

—Te he pedido un café —le dijo cuando él se sentó enfrente de ella.

—Gracias —trasteó con la servilleta y cuando al fin se enfrentó a los ojos de Elena pudo apreciar que estaban opacados—. Supongo que debo esperar lo peor de este encuentro.

Ella suspiró levemente y se mordió los labios.

—No me arrepiento de haberte conocido. Ni siquiera de haberte intentado seducir —le dijo—. A pesar de no saber si eso me convierte en una mala persona. Me has enseñado que todo tiene su lugar en el mundo.

—Dudo que yo haya podido enseñarle a nadie más que a escabullirse —contestó él tras una sonrisa triste—. Supongo que eso significa que todo ha terminado.

—Ni siquiera empezó. Solo fue un preámbulo. Los dos sabemos que no hubiera llegado a buen puerto.

—Entonces es que no sabes cuánto significas para mí.

Era la parte más dolorosa. Quizá en el pasado estuvo preparada para algo así. En el presente desde luego que no, y era una de esas cosas que no debía olvidar.

—Lo sé —dijo Elena sin apartar la mirada de sus ojos—. Pero necesitas a alguien que te ame, no a una persona que no sabe lo que busca, como a ti te ha pasado tantas veces.

Él volvió a sonreír.

—Ahora que tenía su permiso.

Aquella expresión le resultó extraña, pero prefirió no preguntar.

—No te voy a pedir que seamos buenos amigos —continuó Elena—. Simplemente que si volvemos a encontrarnos...

Él no la dejó terminar.

—¿Estás segura de lo que haces?

—Sí. Y no hay vuelta atrás.

Alejo se tapó la cara con las manos. Elena temió que cuando las apartara hubiera una lágrima recorriendo su mejilla. No estaba preparada para eso. No lo estaría nunca. Pero cuando él lo hizo había una enorme sonrisa anclada en sus labios.

—¿Sabes cuántas veces le he dicho a alguna chica que solo somos amigos? —dijo conteniendo una carcajada—. Decenas. Soy patético. Y por primera vez me doy cuenta de que es lo peor que se le puede decir a alguien que te ama.

Elena también sonrió. Al parecer no era ella sola la que sacaba una lección de todo aquello.

—Creo que sobrevivirás.

—Eso es cruel por tu parte —dijo él sin perder aquel triste humor—, pero me temo que tienes razón.

No había nada más que decir y Elena había aprendido que si estas conversaciones se alargaban solo servían para cometer errores.

Se puso de pie. Él la imitó. En aquel momento la camarera traía los cafés, y los miró confundida. Ella le indicó que los dejara, y arrojó un billete sobre la mesa.

—Expongo dentro de un par de semanas —le dijo antes de marcharse—. En la galería de la estación. Me gustaría que te pasaras.

—¿Irá él?

—¿Él? —preguntó sin comprender.

—Tu doctor.

Su doctor. Precisamente a la conclusión que había llegado esa misma mañana, justo antes de saber que debía terminar su inexistente relación con Alejo, era que también debía empezar a olvidar a Tomás. Y ese era un firme propósito en su vida.

—Mi doctor ya solo es pasado.

—Bien —aquello pareció aliviarlo—. No creo que pueda ir. Estaré ocupado intentando enamorar a una chica que llene este vacío.

Ella sonrió. Al parecer no se lo estaba tomando demasiado mal. Algo le decía que sería así.

—De acuerdo. Pero no le hagas daño a esa chica.

—Me temo que con esta lección voy a ser un poco más cuidadoso.

Elena lo abrazó. Algo ligero y con cuidado. Él intentó retenerla pero ella se apartó al instante.

—Gracias por todo —dijo ella.

—No hay de qué.

Sin más, Elena salió del local, dejándolo solo con dos humeantes tazas de café sobre la mesa. Él tuvo ganas de largarse. Allí no había nada más que hacer. Pero entonces se fijó en la chica que acababa de servirles. Una morena de ojos rajados que no dejaba de observarlo desde el mostrador.

Sonrió. Quizá hoy no fuera tan mal día.

Capítulo 28

Era ya tarde cuando llamaron a la puerta.

Elena, por un momento, pensó en Celeste, pero al instante recordó que su amiga tenía evaluación y no volvería hasta las tantas. Dudó si debía abrir, pero podía ser algo importante, o un vecino que tuviera algún problema. Por la mirilla vio que se trataba de una mujer. De su misma edad quizá, elegante, con un tipo de rostro que irradiaba confianza. ¿Qué podría hacer allí alguien así a aquella hora? Al fin decidió que la única posibilidad de saberlo era abriendo la puerta.

—Hola —dijo cuando estuvieron frente a frente.

—Hola —contestó la otra.

Ambas estaban mirándose fijamente. Analizándose. Como si de alguna manera tuvieran que medir sus fuerzas.

—¿Nos conocemos? —preguntó Elena.

—Me temo que sí —dijo la extraña con una voz que sonaba a excusa.

Por algún motivo, Elena ya lo había supuesto. Había cosas que simplemente se sabían, y, al mirar a los ojos a aquella desconocida, esa idea había volado en su cabeza. Se apartó el cabello de la cara sin saber muy bien cómo debía actuar.

—Vaya... —intentó organizar sus ideas—, nunca pensé...

Entonces recordó que sí la había visto antes, del brazo de Tomás, en aquella galería de arte.

—No hubiera venido si no fuera importante.

Sabía que aquello iba a suceder antes o después. Al pasado no se le puede atar con cadenas aunque se hayan dado instrucciones precisas sobre eso. Era como una ola, que solo se apartaba para volver con insistencia. Decidió que lo mejor era escuchar lo que aquella mujer tuviera que decirle.

—Pasa, por favor. ¿Puedo ofrecerte algo?

—Un vaso de agua será suficiente.

La dejó sentada en el salón mientras ella iba a la cocina. Estaba nerviosa. Había imaginado que este momento llegaría, pero mucho más tarde y orquestado por ella misma. Cuando volvió al salón la otra mujer miraba sus fotografías colgadas de la pared.

—¿Éramos amigas? —preguntó antes de sentarse a su lado.

—Las mejores.

También lo había supuesto. Que quien cruzara alguna vez esa puerta para enfrentarla a sus demonios sería alguien muy cercano. Pero... ¿era un buen momento para descubrir quién era?

—No sé si estoy preparada aún para tener esta conversación.

—Me llamo Virginia —dijo la visitante—. Si quieres puedo marcharme, pero creo que es importante que tú y yo hablemos esta noche.

Elena se dio cuenta de que estaba conteniendo la respiración. El aire salió de sus pulmones en un suspiro ahogado.

—¿Dónde estabas el día del accidente? —le preguntó.

—Esperándote en mi casa. Habíamos quedado para tomar un café. Nunca apareciste.

—Así que éramos íntimas.

—No había secretos entre nosotras.

Tener delante a alguien que al parecer había sido importante en su vida y que ahora era una completa desconocida.... precisamente eso era lo que había querido evitar todos estos meses.

—¿Qué es lo que te ha traído hoy aquí? —lo mejor era ir directa al grano.

Virginia también estaba nerviosa. Se notaba porque sus dedos no dejaban de manipular la correa de su bolso. Ahora descorrió la cremallera y sacó un objeto reluciente que depositó en la mano de Elena.

—Primero quería darte esto.

Ella lo miró con incredulidad. No era la primera vez que lo veía, sin embargo estaba absolutamente segura de que estaba guardado bajo llave en su mesita de noche. Se trataba de una pieza de oro en forma de medio corazón, sin nada grabado, pero tan delicado que muchas noches se había quedado dormida viéndolo brillar.

—¿Cómo es que lo tienes tú? —le preguntó atrapada por el centelleo de la joya—. Yo lo encontré bajo aquel mueble...

Sin más se levantó y fue hasta su dormitorio. Le costó trabajo abrir el cajón. Las manos le temblaban y la llave cayó dos veces sobre la alfombra. Al final pudo hacerlo. El corazón roto estaba allí. Donde ella misma lo había dejado.

Volvió al salón y se sentó de nuevo al lado de Virginia. Juntó las dos piezas que se acoplaron de forma tan perfecta para crear un corazón que incluso el punto de unión desapareció de su vista.

—Dos mitades que casan perfectamente —susurró para sí misma.

—Como tú y él.

Lo que acababa de decir la desconocida no era nuevo. Siempre lo había sospechado. Pero también había relegado aquella idea a un rincón recóndito de su cabeza.

—Supuse... desde el principio supuse que habría alguien.

—Tú odiabas los anillos y las inscripciones, así que él lo mandó hacer el día en que os prometisteis. Una mitad para cada uno. La tuya se perdió hace un par de años. Esta otra… bueno, él me ha pedido esta tarde que me deshaga de ella.

Debía de ser un buen hombre. Al menos alguien que tenía la gentileza de aceptar sus condiciones. Por un lado quería que aquello se terminara en ese mismo instante. No quería saber nada más. El pasado era pasado. Algo que le estaba vedado. Si lo decía en voz alta, aquella mujer, Virginia, lo entendería y saldría de su casa. De su vida. Pero por otro lado pensaba que quizá había llegado el momento de enfrentarse a todo lo que tanto había temido.

—Cuéntame mi historia —dijo al fin—. Cuéntamelo todo.

Virginia asintió. Había esperado que Elena simplemente fuera amable y la invitara a marcharse. De nuevo sus dedos jugaron con la correa de su bolso para intentar serenarse.

—Los principios se pueden resumir con unas pocas frases. Os conocisteis y os casasteis al poco tiempo —comenzó—. Nunca he visto a dos personas más enamoradas. Él decía que había nacido para cruzarse contigo. Nos burlábamos a menudo de su devoción. Entonces tú eras una mujer diferente. Te apasionaba tu trabajo. Te desvivías porque tu carrera en el bufete siguiera adelante y él…

al principio lo que tú hicieras estaba bien. Te mandaba rosas todos los lunes. No a casa, sino al bar donde desayunabas. Justo en frente.

Elena recordó lo que le dijo aquella anciana. Le había dicho que la conocía y ella simplemente la evitó.

—La chica de las rosas, esa era yo.

—Nunca has sido persona de relacionarte con los demás. Eras celosa de tu intimidad. Pero ese pequeño detalle de tu marido conseguía levantarte una sonrisa.

—¿Siempre fue tan perfecto?

—En absoluto —reconoció Virginia—. Últimamente no pasabais por una buena racha. Tú estabas demasiado centrada en el trabajo y él se sentía solo muchas veces. Discutíais. Él se mostraba culpable porque no sabía si había dejado de hacerte feliz. Tuvisteis una gran pelea. Dijiste que todo cambiaría. En cuanto te nombraran socia del bufete, y entonces vino el accidente.

—Continúa, por favor.

Era duro recordarlo porque la vida de todos ellos se había visto trastornada por algo tan estúpido como unas gotas de agua donde no debían estar.

—Al parecer resbalaste —dijo Virginia—. El suelo estaba húmedo. Fue un golpe bastante fuerte, pero todo son conjeturas. Te encontró tu marido cuando ya llevabas horas inconsciente en la cocina de esta casa. Te había estado llamando, al igual que yo, y al no dar señales de vida se preocupó y decidió buscarte. En el hospital solo confirmaron lo que él ya sabía.

—¿Ya lo sabía? —se extrañó.

—Tomás es un excelente neurólogo. El mejor. Eso también lo sabes ahora.

Escuchó el nombre pero vacío de contenido. Como si fuera la envoltura de algo desconocido.

—¿Tomás? —repitió.

—Tu marido —le aclaró su amiga.

Aquella revelación la sorprendió menos de lo que esperaba. De pronto todo empezaba a encajar y a la vez a parecer aún más extraño. Sus visitas y sus huidas. Aquella mirada trágica. Su devoción. Recordó cómo se había entregado cuando hicieron el amor. Cómo encajaron. Cómo su cuerpo mantenía la memoria de su tacto. Había sido tan intenso que aún le ardía la piel cuando recordaba cómo la había tocado. Ahora se daba cuenta de que no había sido consciente, de que no…

—Cuando dije en el hospital que no quería saber nada de mi pasado, no…

—Él estuvo de acuerdo —Virginia le puso una mano en la rodilla. Sabía cómo le estaba afectando aquella confesión y no quería provocar un *shock*—. Déjame que te lo explique.

—No sé si me va a gustar.

Su amiga hizo como que no la oía.

—El diagnóstico confirmó lo que la experiencia de Tomás ya intuía solo con ver el trauma. Tu amnesia retrógrada era irreversible. No ibas a recordar jamás tu vida pasada. Al principio esta noticia, esta bomba, se quedó en segundo plano. Lo único importante era que tú te pusieras bien, recuperaras la consciencia y no tuvieras otras lesiones permanentes. Tu marido pasó el caso a un colega. Ética profesional y, sobre todo, que no quería que su vinculación emocional le hiciera cometer una imprudencia médica. Cuando su compañero le entregó el diagnóstico cayó en la desesperación. Ya sabía que te había perdido. Había tratado muchas amnesias de este tipo. Personas que de un día a otro no conocen a sus hijos o a su pareja y que deben seguir una vida normal rodeadas de extraños. Es algo muy duro. Es como si despertaras y fueras alguien distinto viviendo en un cuerpo prestado. Pero qué te voy a contar a ti sobre eso. Aun así lo único importante para Tomás era que te pusieras bien. Ya se vería qué hacer con tu rehabilitación. Y entonces se le ocurrió aquello.

　Virginia se detuvo y Elena comprendió que lo que tenía que decir a continuación era precisamente lo que le había llevado hasta allí.

　—Cuéntamelo todo.

　Tomó aire, porque quería decirlo del tirón, sin pausas que pudieran malinterpretarse.

　—Empezar de nuevo. Eso es lo que se le ocurrió a Tomás. Enamorarte de nuevo como si él fuera un desconocido, ya que no recordabas ni su rostro ni vuestro pasado juntos. Cuando nos lo explicó a mi marido y a mí le dijimos que estaba loco. Y podía ser así. Loco de amor. No sabes cómo te ha querido ese hombre. Era un plan complejo. Hablar con todos. Con tus amigos, con tus vecinos, con tus compañeros de trabajo. Incluso con los camareros que te servían cada mañana el desayuno, y convencerlos de que se comportaran contigo como extraños. Como si fueras la chica nueva del barrio. El único punto a su favor era que no tuvieras familia. Ni padres, ni hermanos, ni siquiera primos lejanos. Pero la idea era tan ridícula que lo convencimos de que desistiera, y tras mucho discutir estuvo de acuerdo.

—¿Entonces? —preguntó extrañada.

—Entonces despertaste —Virginia sonrió, pero era una sonrisa amarga—. Sé que el otro doctor te puso al tanto de tu situación clínica. Te diría que tu pasado se había borrado de tu mente como si nunca hubiera existido. Habías nacido de nuevo. Mantendrías tus habilidades, pero no recordarías nada y nunca lo harías a menos que se produjera un milagro. El daño era irreversible. Y cuál no sería nuestra sorpresa cuando únicamente preguntaste si tus padres vivían, y si tenías hermanos o sobrinos. Sé que cuando tu médico te dijo que no, le pediste que entonces no querías saber nada del pasado. No querías enfrentarte a desconocidos que te amaban pero que tú jamás llegarías a recordar. Le pediste al doctor que hablara con quien fuera que estuviera esperándote al otro lado de la puerta para que se marchara. ¿Es cierto que por entonces no querías saber nada de lo que fuiste? Solo cuando estuvieras preparada, nos dijeron. Y eso lo decidirías tú. Cuando tuvieras fuerzas, y si ese momento llegaba alguna vez.

Era cierto. No recordaba nada, solo había retazos inconexos que no la sacaban de sus pesadillas. Pero uno de ellos hablaba de la infelicidad que provocaría que sus seres más queridos se conviertan ahora en extraños. Quería estar segura, ser alguien antes de dar ese paso.

—Cuando el médico me lo contó... —murmuró Elena—. ¿Estaría casada? ¿Tendría hijos? Solo de pensar que no reconociera el rostro de las personas que más debía amar... Le pregunté por los hijos y me dijo que no existían. Pero pensar que pudiera tratar a los que me amaban como extraños, que pudiera no sentir nada por ellos, incluso rechazarlos... El doctor me reconoció que era habitual. Personas que de pronto se encontraban viviendo con gente que lo sabía todo de uno mismo, que te llamaban mamá, o se metían cada noche en tu cama sin que tú recordaras ni siquiera su afecto. Se me asemejó un futuro tan terrible... Recuerdo cómo aquel viejo médico salió de la habitación, y una hora después volvió para decirme que se respetaría mi petición.

Virginia asintió. Ella y Julio eran algunas de las personas que estaban al otro lado de la puerta. Aún recordaba ese momento. El dolor y la ilusión en los ojos de su amigo.

—Lo consultó con Tomás, con tu marido. Y él retomó su absurdo plan. La idea era sencilla. Volver a enamorarte. Ser un desconocido, lo que se había vuelto en realidad, y volver a seducirte. Si lo había conseguido una vez hacía diez años... ¿por qué no de nuevo? Lo recibió como si la vida os diera una nueva oportunidad. Habló con todos. Los convenció a todos. Desalojó vuestra casa y se mudó a un apartamento cercano, como bien sabes. Tendrías que haberlo visto en aquella época. Estaba casi entusiasmado. Entusiasmado y aterrado. Celeste se le resistió, pero no sabes las dotes de convicción que tiene este hombre.

—¿Celeste era amiga mía? —preguntó incrédula.

Virginia asintió.

—Conocida, más bien. Solo aceptó formar parte de aquel absurdo plan como el resto, si tú no preguntabas nada. Decidió estar a tu lado. Ser vigilante. No quería que sufrieras.

Elena no estaba muy segura de cómo tomarse aquello. En verdad había estado rodeada de gente que la quería y deseaba protegerla, en vez de desconocidos.

—Continúa.

—Todo era perfecto —prosiguió Virginia—. Se te asignó un médico especialista fuera del hospital y esta vez sí era Tomás por petición propia. Una hora antes de que entraras por primera vez en su consulta como una desconocida, él temblaba como un flan. Un hombre como él, directo y seguro de sí mismo, nervioso como un adolescente en su primera cita. Sin embargo...

Aquella inflexión fue acompañada por un cambio en la textura de su voz. Elena sintió cómo su corazón se encogía, se replegaba sobre sí mismo para afrontar lo que aún quedaba por oír.

—¿Sin embargo? —preguntó.

—No eras tú —dijo tras una sonrisa helada—. No eras *ella*, mejor dicho. No eras su esposa. El mismo físico, la misma voz, la misma envoltura, pero una personalidad diametralmente opuesta. Tenías otros gustos, otras inquietudes. Hasta te había dejado de gustar tu trabajo. Incluso tu forma de andar era distinta. Lo comprendió en vuestra primera cita. Creo que te llevó al club de jazz. Ibais a menudo aunque a ti no te gustaba. Demasiado vulgar para tu gusto. Esa noche él comprendió que eras otra mujer. Que su esposa lo había dejado para siempre —se acercó un poco para tomarla de la mano—. Estos meses han sido un martirio constante para Tomás, entre lo que siente por ti y lo que sentía por ella. Una historia con un final triste.

—Yo no soy ella, por eso hablaba de que estaba enamorado de otra mujer —dijo Elena resumiéndolo todo en solo una pocas palabras.

Virginia asintió, pero señaló la pared del salón que ahora estaba tapizada de sus fotografías en blanco y negro.

—Menos por eso.

—¿A qué te refieres? —no lograba entenderla.

—Amabas la fotografía —dirigió su dedo a la imagen que mostraba la casita de la playa. Era la que Elena vio en el despacho de Tomás la primera vez que se vieron. La que él le regaló—. Esa reproducción es tuya. Como todas la que hay en el despacho de Tomás. Aquí también había muchas pero él se las llevó cuando se mudó. Decía que quería tener cerca tu forma de ver el mundo. Ya no retratas lo mismo por lo que veo, pero es un corazón idéntico.

Ahora entendía la atracción que había sentido por aquella imagen. Una devoción inmediata. Ahora lo entendía todo. Era como si su vida encajara un poco mejor. Había temido tanto aquel momento… sin embargo no había sido tan terrible. Solo faltaba una pregunta. La razón última por la que Virginia estaba allí.

—¿Por qué has venido esta noche?

Su antigua amiga volvió a jugar con el asa de su bolso. Cuando la miró de nuevo había un brillo apagado en sus ojos.

—Porque él ha decidido que ya no existe nada entre vosotros, a pesar de que puede haber sentido algo por la nueva mujer que eres.

Elena comprendió que ella misma le había ayudado a hacerse aquella idea.

—¿Y es así? —preguntó como si no fuera suya la respuesta.

—¿Tú qué crees?

—No lo sé.

Virginia simplemente se puso de pie. No era hoy el día de darse el abrazo de viejas amigas. Quedaban muchas conversaciones pendientes. Para Elena ella era una auténtica desconocida. Pero para ella también. La misma envoltura de un alma diferente.

—Por eso he venido —dijo al fin Virginia—. Ahora lo sabes todo. La decisión que tomes está en tus manos.

Capítulo 29

Era un día frío y cuajado de nubes.
Un día gris de mediados de diciembre.
Elena había conducido toda la noche para llegar al amanecer. No tenía muy claro cómo ni a dónde, solo un plano garabateado por Virginia y una dirección que su GPS dio por desconocida. Preguntó un par de veces y encontró la misma respuesta. Un poco más adelante, en el borde mismo del mar. Lejos de cualquier población.
Dejó el coche donde pudo, con las ruedas casi enterradas en la arena. Desde allí tendría que ir andando. Llevaba ropa de abrigo y buenas botas. Cuando traspasó la duna se encontró el mar de frente. Tuvo que detenerse un instante para asimilar tanta belleza. No había viento, y las olas llegaban hasta la orilla con pereza. Todo había adquirido un tono rosado, desde las nubes algodonosas

teñidas por el sol naciente, hasta el mar, donde la espuma se volvía brumosa en la distancia y se fundía con el cielo. Respiró hondo, sintiendo cómo aquel aire cargado de ozono le despejaba las ideas. Estaba cansada pero decidida.

Y mataría por un café.

Miró en ambas direcciones hasta decidirse por la más angosta, donde la playa se llenaba de grandes rocas, justo a su derecha. Echó a andar apretando el chaquetón en torno a su cuerpo. Diez minutos después la vio a lo lejos.

Era exactamente igual a como mostraba la fotografía: una casita de techo de palma, sencilla, pequeña, anclada en la playa. Era la imagen que ella misma había tomado en el pasado, aquella que retrataba un instante que jamás recordaría, el verano brillaba a su alrededor. Ahora era diferente. La luz del día era gris y la arena parecía pálida y opacada. Había una lámpara encendida en el interior de la casa, que se reflejaba a través de la ventana, lo que le hizo soltar un suspiro nervioso.

Según se acercaba, más le gustaba lo que tenía delante, y entendía perfectamente por qué se subyugó con aquella imagen. No entendía muy bien cómo estaba construida. Parecía alzada sobre pilones para que la marea alta pasara por debajo. Debía de ser antigua, anterior a la ley de costas, una reliquia de un pasado menos rígido.

Una sombra pasó entre la ventana y la fuente de

luz, y ella supo no solo que Tomás estaba allí dentro, sino que había reparado en su presencia.

Se encontraba a unos pocos metros de la casa cuando la puerta se abrió y él salió al exterior.

Verlo le provocó aquella sensación extraña que comenzaba en la nuca. Un hormigueo que le recorría la espalda como si una panda de hormigas deambulara por allí. Llevaba vaqueros y un grueso jersey de lana. Parecía más delgado. También ojeroso, pero irresistiblemente atractivo. Él la miraba como si fuera una aparición, un fantasma, algo que era imposible que estuviera sucediendo.

—¿Cómo has…? —intentó preguntar él.

—He seguido mi intuición —le contestó ella.

Por un instante pareció que él meditaba sobre su sorprendente respuesta, pero en su rostro serio y contenido se dibujó una sonrisa. Una de aquellas por las que ella cambiaría el rumbo de su vida.

—No me lo creo.

Ella también sonrió. No era experta en relaciones sociales pero había leído en algún lugar que el humor es lo mejor para comenzar conversaciones difíciles.

—Virginia me dijo dónde estaba —se confesó al fin—, pero el mérito de llegar hasta aquí es mío.

Él arrugó la frente.

—¿Virginia? —preguntó extrañado—. ¿Cómo sabes…?

Elena comprendió lo que se estaba formando en la cabeza de Tomás y se apresuró a aclararlo.

—No, no he recordado nada, y creo que eso jamás sucederá. Vino a casa y me contó lo nuestro.

Él se humedeció los labios.

—Lo *nuestro* —repitió.

—Lo que tú y yo fuimos en el pasado.

Verlos allí, separados por un par de metros de arena dorada, era una estampa curiosa. Él bajo el pequeño porche donde tantas veces se habían amado, y ella con las botas enterradas, en el mismo lugar donde en las noches de verano habían hecho el amor empapados tras el baño. Dos personas tan cercanas y tan desconocidas.

De pronto Elena estornudó.

—Entra o vas a pillar un resfriado —dijo él apartándose de la puerta—. Hay café caliente.

Ella no lo dudó y al instante aceptó la invitación. ¿Para qué estaba allí si no? Fue como acceder a un lugar sagrado. Las paredes estaba encaladas y había muchos más muebles de los que cabían, lo que aportaba un ambiente cálido y, aunque resultara paradójico, agradable. Era una sola estancia que servía para todo. La cocina en un rincón, un mueble antiguo con viejos fogones, y unas escaleras de madera donde un doble techo abuhardillado escondía la cama.

—Es... precioso.

Él no había perdido detalle de su mirada arrobada mientras lo memorizaba todo.

—La decoraste tú —dijo mientras le servía un café humeante—. Era nuestro refugio. Pasamos aquí las mejores horas.

Elena ya había desistido de recordar su pasado. Los primeros días, cuando supo lo que le pasaba, se había esforzado con tanta energía que terminaba llorando y envuelta en un pozo de confusión. Ahora simplemente se olvidaba de que antes fue una persona distinta, capaz de recrear aquella belleza a su alrededor. Ahora era alguien diferente, ni mejor ni peor, que tenía que aprender a quererse de nuevo. Paseó por la estancia, dejando que sus dedos tocaran tejidos y muebles, que sus ojos se llenaran del color de los tapices de las paredes y sus oídos del susurro del mar.

—¿Cuál era mi rincón favorito? —preguntó de pronto. Cuando se giró y vio cómo la miraba de nuevo un escalofrío le recorrió la espalda.

Tomás le tendió el café humeante y después señaló justo delante de donde ella se encontraba.

—Esa parte del sofá —dijo manteniendo una de sus manos en el bolsillo—. Desde ese punto concreto del salón se ve el mar justo cuando el sol se pone entre sus aguas —se pasó una mano por la boca. Todo aquello era tan extraño—. Diseñaste todo lo demás a partir de ahí. Te sentabas, contemplabas cómo evolucionaba la luz a lo largo de los días, de las estaciones, y tomabas tus decisiones. Yo solía sentarme en la alfombra para que me acariciaras la cabeza.

Elena lanzó un suspiro profundo y ahogado. No recordaba absolutamente nada. Jamás lo haría según su diagnóstico médico. Sin embargo aquello que veía era el resultado de ser ella misma. Lo que fue y no volvería jamás.

Recorrió el par de pasos que la separaba del sofá y se sentó con sumo cuidado, como si profanara un rincón sagrado. Era verdad que se trataba de un lugar mágico. El mar a sus pies solo con levantar la vista, y un hombre perfecto al alcance de la mano. Envidió a esa otra Elena y lo que había tenido.

Tomás pasó el peso de su cuerpo de un pie a otro. Al final se decidió y se sentó también en el sofá, aunque dejando el espacio de un cojín entre ambos.

—¿Sabes que en un principio ninguno entendimos tu decisión? —dijo él, mirando el interior casi vacío de su taza.

No lo sabía, pero no había que ser muy intuitiva para adivinarlo: una mujer que decide no saber nada de los que la amaban, tras perder la memoria.

—El primer médico que me atendió —contestó ella haciendo memoria—, no recuerdo su nombre.

—Fue mi profesor en la facultad. Somos muy buenos amigos.

—Simplemente desperté y estaba frente a él, frente a un desconocido —aún sentía un escalofrío cuando lo recordaba. Aquel instante preciso y solitario—. Cuando él me dijo, ese hombre anciano y amable, que era un amigo entrañable... cuando me contó que yo había ido a las bodas de todos sus hijos, que era madrina de uno de sus nietos, que quedábamos de vez en cuando para cenar o bailar a la luz de la luna... cuando supe que eso me sucedería con cada una de las personas que había querido, amado... fui incapaz de soportarlo. No ahora. No por el momento.

—Reconozco que me afectó el que solo preguntaras por tus padres, tus hermanos, tus hijos... —murmuró Tomás sin poder reprimir un toque amargo en su voz.

—Porque lo peor de todo era mi marido. Mis padres, unos extraños de ahora en adelante si aún vivieran, los vería de vez en cuando. Mis hijos, si hubieran existido, formarían parte de mí y aprendería a amarlos. Pero mi marido... —¿cómo explicarlo?—. Ver cada día a un desconocido por el que no sentiría nada, quizá solo rechazo. Meterme con él en la cama cada noche, con un hombre que quizá ya no me gustara. Fui cobarde e incapaz. No me enorgullezco de ello. Necesitaba tiempo. Espero que no haya sido demasiado.

Quizá tuviera razón, pensó Tomás. De hecho todos sus temores giraban en torno a aquella cuestión: que una vez despierta él se convirtiera en uno más o, peor aún, en alguien a quien tenerle miedo.

—Yo tampoco me he comportado como debía —dijo él al fin—. Me aterraba que me rechazaras. Hablé con todos. El sesudo doctor informando de que no se le hablara del pasado a su paciente porque así lo había querido ella, y así lo ordenaba mi prescripción médica. En verdad todo era mentira. Quería volver a enamorarte. Empezar desde cero dejando atrás todos nuestros errores —casi sonrió—. Fue difícil mudarme de casa. La alquilamos cuando nos casamos. A mí me gustaba el barrio y tú por aquel entonces no eras demasiado exigente. Nunca fuiste muy sociable, ¿sabes? Tardé una semana en sacarlo todo. Había fotos, nuestro libro de familia, recibos donde ambos aparecíamos. No quería que nada fallara. Y después me di cuenta de que había perdido de veras a mi mujer, y que en su lugar estabas… tú.

—¿Cómo era ella? —le preguntó Elena, aunque al instante comprendió que no era esa la pregunta—. ¿Cómo era yo?

Tomás suspiró y se pasó la mano por la cabeza. ¿Cómo se contestaba a aquella pregunta? ¿Le decía que era el principio y el fin de todo su mundo? ¿Qué la vida tenía sentido si ella existía? ¿Qué había llorado amargamente por su pérdida? Decidió que aquellas cosas tenían otro lugar.

—Decidida, con carácter, sorprendente —fue lo que contestó—. A veces no nos entendíamos, pero otras... otras era simplemente perfecto.

Simplemente perfecto. Elena se daba cuenta de que eso era lo que había buscado desde que despertara. Eso la había llevado a los brazos de Alejo, la había arrastrado a los de Tomás. La había traído allí mismo.

—¿Teníamos problemas? —preguntó al cabo de unos instantes, tantos que parecieron horas.

Él sonrió de nuevo y su rostro adquirió aquella expresión sorprendente que tanto le gustaba. Hacía solo seis meses sus pequeñas crisis eran grandes problemas. Pero con lo que había sucedido... parecía un juego de niños.

—Amabas tu trabajo —contestó Tomás— y a veces yo creía que tu orden de prioridades me dejaba en mal lugar. Me acusabas de que no te dejaba espacio y yo de que permanecía demasiado tiempo solo. Pero todo eso ha pasado a convertirse en una anécdota —se acarició la barba incipiente—. ¿Puedo preguntarte algo?

Ella se mordió el labio inferior y esta vez él no apartó la vista.

—Yo te estoy asaeteando a preguntas —dijo Elena.

—Ese tipo —carraspeó—. Alejo. ¿Seguís juntos?

¿Habían estado juntos alguna vez? Un par de

besos y un abrazo. Muy poco en comparación con lo que su vida había sido con aquel hombre.

—Entre él y yo no hay nada más que una buena amistad —dijo sin dejar de mirarlo.

Él no pudo evitar soltar un ligero suspiro de alivio. Sabía que si ella estaba en la casa era porque se había replanteado un mundo donde él tuviera cabida. Pero es que ya no conocía a aquella mujer. Ya no era predecible. Ahora era atractiva y deseable.

—Cuando te he visto llegar caminando por la arena... —dijo Tomás, intentando encontrar las palabras justas—. Verás, he sentido algo... lo mismo que hace muchos años. El día que te conocí en un parque, cerca de la clínica. Así que he pensado que quizá no sea una mala idea intentarlo de nuevo. Tú y yo. Sin prisas. Como si fuéramos dos desconocidos. Sin pasado de por medio. Quizá unas semanas, o unos meses. Sin metas. Pudiendo dejarlo en cualquier momento —se acababa de quedar en blanco—. ¿Qué opinas?

Ella lo miraba muy seria. Intentando comprender aquellos giros hacia delante y hacia detrás.

—Opino que das muchas vueltas antes de besar a una chica —contestó Elena sin cambiar su rictus.

Tomás arrugó la frente.

—La Elena de antes nunca hubiera dicho algo así.

—¿Y qué piensas de eso?

Tomás inclinó la cabeza, para verla mejor. La luz que entraba por la ventana doraba su cabello y resaltaba el color castaño de sus ojos.

—Que has tardado mucho en decirlo —contestó él al fin—, porque desde que te he visto llegar estaba esperando como un loco el momento de besarte.

Y lo hizo.

La atrajo hacia sí y la besó.

Como el principio de todas las cosas.

Como el final de muchas otras.

Pero sobre todo como el momento justo en el que se encontraban, donde el pasado ya no importaba y el futuro… el futuro podían escribirlo juntos, empezando de cero.

Seis años después

Tomás dejó las cervezas en el cubo con hielo. Esta tarea ya estaba hecha. La barbacoa también parecía encendida, a la espera de que las llamas dieran paso a las brasas. Habían desaparecido las tablas de surf y las bombonas de buceo, que siempre estaban por medio. La mesa estaba extendida con las patas clavadas en la arena, el mantel colocado. Y platos y cubiertos. Se habían colgado las guirnaldas y los faroles de papel. Por si la luz no era suficiente también había velas dispersas por la playa en reciclados tarros de vidrio.

Todo listo.

Miró alrededor buscando lo más importante y descubrió que le hacían señas desde el agua. El sol aún brillaría al menos una hora más antes de perderse en el horizonte de aquella calurosa tarde de verano. Sonrió y fue en su busca.

—Pensé que estarías arreglándote —dijo desde la orilla.

—¿Y perderme un baño al atardecer? Eso nunca.

Tomás no se lo pensó. Arrojó las chanclas a un lado, se quitó la camisa y se deshizo de los pantalones cortos. No llevaba ropa interior así que se sumergió desnudo en el mar. De dos brazadas estaba a su lado.

—Has tardado mucho —dijo Elena enredándose con sus piernas a su cintura. Ella también estaba desnuda.

—Faltaba cerveza. Julio puede dar cuentas él solo de una caja de botellines.

La besó en el cuello, sintiendo cómo su cuerpo reaccionaba al instante al contacto de su piel. Era sorprendente. Seis años juntos, dieciséis en total si contaba el pasado, y seguía deseándola como el primer día.

—¿Y nuestro hijo? —preguntó sin dejar de besarla.

—Con tía Celeste en el pueblo. Quería ver cómo era una vaca.

Él asintió y pasó la lengua por la línea de su garganta.

—Lo que nos da...

—Media hora solo para nosotros antes de que esto se llene de gente.

—¿Por qué no les decimos que se vayan? Podemos dedicar las próximas horas, los próximos días a hacer esto. Es lo que más me gusta del mundo.

Ella soltó una carcajada. No le parecía mala idea, pero sí difícil de poner en práctica por cuestiones de logística.

—Porque vienen todos los amigos —dijo Elena—, toda tu familia, la gente del hospital, mi galerista y los ancianitos con los que juegas al dominó los domingos. El cumpleaños de nuestro hijo es la excusa que hemos puesto para hacer una gran fiesta playera, ¿recuerdas? Son demasiados para despedir.

Él chasqueó los labios. Al diablo con todos, pero su esposa tenía razón, sería una descortesía.

—Al menos nos dará tiempo de un abrazo rápido y húmedo —insistió Tomás, porque de una cosa estaba seguro, no podía seguir en el estado en que estaba sin ponerse en evidencia ante los invitados.

—¿De verdad que antes yo era así de desinhibida? —le preguntó Elena, recordando algo que él le dijo una vez sobre su pasado. Hacer preguntas sobre su vida anterior se había convertido en algo recurrente y divertido, donde nunca sabría si las respuestas de Tomás eran ciertas.

—Bueno —dijo él—, antes jamás hubieras organizado una barbacoa. La hubieras tachado de demasiado vulgar.

—¡Me encantan las barbacoas!

—Antes jamás estarías retozando con tu marido en el agua media hora antes de un evento. Estarías histérica organizándolo todo.

—Lo primero es lo primero.

Él se detuvo un momento para mirarla a los ojos.

—Pero en cuanto al sexo —un beso rápido en la punta de la nariz—, eras casi tan desinhibida como ahora.

Ella volvió a soltar una carcajada y al hacerlo echó la cabeza hacia detrás, lo que dejó expuesta toda la extensión de su cuello, que Tomás no desaprovechó.

—Vaya —dijo Elena estremeciéndose ante la pericia de sus besos—, pues tendremos que darnos prisa.

—Y empezar cuanto antes.

—Pensaba que ya habíamos empezado.

Él se separó de nuevo para guiñarle un ojo.

—Entonces es que no sabes lo que te tengo preparado.

Sin más, Tomás se sumergió bajo el agua y ella cerró los ojos.

En media hora su hijo estaría allí, y todos aquellos que les querían. Elena sonrió cuando su marido llegó a su objetivo. Era sorprendente que se hubiera enamorado del mismo hombre, a pesar de que no recordara nada de él y sus recuerdos jamás volverían a su memoria. Sorprendente que él la amara de la misma manera a pesar de ser una mujer distinta. Pero lo más sorprendente era su seguridad, clara, reluciente, de que aquello duraría toda la vida. Para siempre. Por un hecho simple. Y es que sabía que ante todos los impedimentos que les tenía la vida preparados ellos dos irían de la mano, juntos, como uno solo. Con su amor como escudo y el único objetivo de seguir adelante uno al lado del otro.

El sol brilló cuando su esfera rozó las aguas y Elena lanzó un gemido.

Unos minutos más y todos estarían allí.

Unos minutos más y su nueva realidad la abrazaría con la misma pasión con que su marido la amaba.

ÚLTIMOS TÍTULOS PUBLICADOS EN HQN

Entre puntos suspensivos de Mayte Esteban

Lo que hacen los chicos malos de Victoria Dahl

Último destino: Placer de Megan Hart

Placer prohibido de Julia London

En mi corazón de Brenda Novak

Está sonando nuestra canción de Anna Garcia

Siempre un caballero de Delilah Marvelle

Somos tú y yo de Claudia Velasco

Noches de Manhattan de Sarah Morgan

Azul cielo de Mar Carrión

El Puerto de la Luz de Jane Kelder

Vuelves en cada canción de Anna García

Emocióname de Susan Mallery

Vacaciones al amor de Isabel Keats

No puedo evitar enamorarme de ti de Anabel Botella

Dulce como la miel de Susan Wiggs

www.ingramcontent.com/pod-product-compliance
Lightning Source LLC
Chambersburg PA
CBHW010313060526
44554CB00020B/1752